魔女の怪談は手をつないで
星見星子が語るゴーストシステム
KEEP OUT
CAUTION
KEEP OUT

星見星子《ほしみせいこ》
「うおおおー！」
怪談話の始まり

あーちゃん
「実は、私は魔女なんだよ」

『……けて……』
か細い女性の声は喧騒の中で
ハッキリと耳に届いた。
そして、僕たちは見た。
布団の向こう側……。
窓の方から、じわじわっと
何かが立ち上がる姿を。

足音はなく、床の上を
重さの感じられない足取りで
スーッと移動していた。
間近に迫った時、僕と星子ちゃんは
その顔をしっかりと見てしまう。
バサバサと乱れた
長い髪の間から覗く顔は、
醜く爛れているようにも見えた。
その目が――
一瞬、僕たちの方を見たような気がした。

「キミが考える番だよ。
【魔女の怪談話】の解決を」
二 怪談話の終わりと始まり

「信じてるからね」

目次

魔女の怪談は手をつないで
星見星子が語るゴーストシステム

サイトウケンジ

MF文庫J

口絵・本文イラスト●ぷらこ

『さあさあ！　【魔女の怪談話】始まり、始まり～』

■怪談話の始まり

「その怪談、もっと怖くしようよ！」

駆け出しの配信者アイドル、星見星子《ほしみせいこ》ちゃんは深夜のファミリーレストランで前のめりに語った。

キラキラ輝く目、白くてつやつやの肌、全体的に『あたし？　美少女ですけど？』とでも言うかのような気の強い雰囲気。どんなに前のめりになっても、テーブルに乗ったりするような胸がないのが残念と言うファンもいるが、そこも含めて『推せる』のであり、つまり全体的にアイドルとして可愛《かわい》いのは言うまでもない。

そんな彼女の大好きな話題こそが『オカルト』話。

主にインターネット配信でゲームをしたり歌ってみたり雑談をしている、そんな彼女がデビューした二年前から今まで一貫して好んでいるのが、いわゆる『怖い話、不思議な話』の類《たぐい》だった。最近もちょいちょい発生している行方不明事件や、誰かが謎の死を遂げた事件や事故のウワサ、挙げ句インターネット世界にのみ現れる怪異現象などなど。いわゆる科学では解明できない系の『オカルト話』をそれはもう楽しそうに紹介しているのだ。

最近特に視聴数も増えてバズっていた配信内容は……なんだったたっけな？

あんまり詳しくは覚えていないけれど、たしか『ライブ配信をしている人が、実は現実世界には存在していないオバケかもしれない』みたいな都市伝説を語っていたはずだ。話している時の星子ちゃんが本気で早口で鼻息荒く喋《しゃべ》りまくっていたせいで、一般人はドン引き、マニアは大喜びという配信内容だった。

だから、というわけではないのだが。

いわゆる『家が隣同士だった』だけでズルズルと大学まで一緒に進学してしまった僕は、彼女が深い興味を持つ話というのを集める癖がある。

僕自身は怖がりなので、本当はそんなにオカルトには触れたくないのだが……。

星子ちゃんはそんな僕が怖がることすらちょっと楽しみにしているようなSっ気があるらしく、こうやって『もっと怖い話』にしたがるのだ。

別に話し方にダメ出しをしたいわけではないので、その部分は助かる。もっと雰囲気たっぷり！　とか、演出入れて！　とか、分かりやすく話して！　なんてことを言われてしまったら流石《さすが》に僕も気落ちしてしまうだろう。

だからこちらとしても、そこまで構えずに尋ねることができる。

「もっと怖くって、どうするのさ？」

目の前にあるウーロン茶を口に含みながらその顔色を窺《うかが》ってみた。

僕が彼女に話した内容は『怪談話』によくあるパターンのものだ。

スマートフォンのメモアプリには、こんな感じに書き残してある。

『東京都の中心部にある広域墓地。
肝試しがてらのデートで、その脇道に車を停車したカップルがいた。
静かな雰囲気の中、車内でイチャイチャしていると――。
激しくバンバンバン！　とフロントガラスが叩《たた》かれたのだ。
見れば、窓ガラスには大量の手の跡がついている。
まるで、死者たちが怒りをあらわにしたかのように……。
カップルは呪いや祟《たた》りを恐れ、そのまま一目散に車を走らせて逃げ出した。
翌朝。
改めて車を確認すると、窓ガラスにはしっかりと複数の手の跡が残っていた――。
それ以来、その墓地の脇に車を停車していると死者たちの怒りに触れる。
そんな怪談が生まれたのだった』

こんな感じの怪談だ。
ざっくり説明するとあんまり怖くなくなるこの話を、僕は先程なるべく情感マシマシで雰囲気が出るように語った。

そして話し終えた僕を待っていたのがさっきの一言『もっと怖くしよう』なのだ。

「たとえばね。幽霊がその手の跡を付けたんだよね？」

「そうだろうね。大量の手が窓を叩いたんだろうし」

「その跡が朝まで残っていたということは――」

星子《せいこ》ちゃんは『ビシッ』という擬音でも鳴りそうなほど、綺麗《きれい》な仕草で僕の眼前に人差し指を立てる。

「幽霊の手には、ガラスに手の跡がつくくらい、皮脂がある！」

得意気に言い放った。

「窓に残るくらいだからね、皮膚の脂もあるんじゃないかな？　まあ、車の窓が埃《ほこり》っぽかったという説もあるかもしれないけれど。いずれにせよあたしが見てみたいのは、そこに残っているもの……」

「何？」

「指紋！」

幽霊の指紋。

そんなもの考えたこともなかった。

だが言われてみれば、幽霊になったからといって指の肌がつるつるになって指紋がなくなるというのもおかしな話だ。手の跡がしっかり残っていたということは、手のシワや手相なんかも残っていたのかもしれないし。

　そうなると、星子《せいこ》ちゃんの言う通り指紋はあるんだろうか？

「その車の窓ガラスを調べれば、幽霊の指紋が採取できたら面白くない？　で、その墓地で亡くなっている人の誰か一人だけでも指紋が一致したらさっ」

「うん」

　僕が話を聞いていると星子ちゃんはどんどん興奮してきて、身振り手振りが大きくなる。

「『わあ！　本当に死んだ人の手だ！　その人が手の跡を残してる!?』って怖くなると思うんだよね。幽霊が存在する証明にもなるし」

　実際に両手を大きく広げて『わあ、ビックリ！』感を全身で表現していた。スラッと長くて細い指が広げられるだけで、その場がちょっと華やかになった気すらする。

「なにより『目に見えないのに物理的な影響を残せる』って凄《すご》くない？　だってそこにはしっかりと指紋が残るくらいに『物体』があったんだからさ！」

　早口でまくし立てる時の星子ちゃんは、いつもの毅然《きぜん》とした格好《かっこ》いい美少女ではなく、オカルトマニアっぽいオタクになる。澄ました顔で得意げに歌やダンスを披露するのがアイドルとしての売りなのだが、彼女のガチファンの中にはこの豹変《ひょうへん》っぷりが大好きでハマった人も多い。

　かく言う僕もこの『いきなり早口オタクになるモード』が大好きだ。特にいつもは気を

つけているマイクに息を吹きかけてしまったり、マウスをデスクの外に弾《はじ》き飛《と》ばしてしまったりする美味《おい》しいハプニングはこのモードの時に発生し易《やす》い。

それはもう素敵なアイドルではなく、本当に普通の女の子が頑張って努力してアイドルっぽい立ち振る舞いをしているんだなあ、と実感できるのだ。

今は、その貴重な時間を僕だけが満喫できている優越感。

だから僕はいつだって、星子《せいこ》ちゃんのために怪談話を用意し、その後に続く『もっと怖くする話』を楽しく聞かせてもらうのだった。

「でも、星子ちゃん。普通の人は指紋って採取されてないいんじゃないかな？　警察に捕まってた人なら確実にあるんだろうけれど」

こうやって彼女の考察に別の観点から指摘を加えるのも僕の仕事だ。ケチを付けるわけでもなく、あくまで広がった可能性に対して意見を述べること。

これによって星子ちゃんは更に深く考えることができるらしい。

「犯罪者じゃなくてもさ。お墓に入ってる亡くなった方の家から指紋が取れれば、いつかは一致したりしないかな？　ね、どう思う？　せめて手形を取ったりとか、なんなら手相とか見えないのかな？　生命線が切れてるー！　ほんとに死んでるんだー！　みたいな？」

自分の手のひらを見せてどんどんノリノリになっていく星子ちゃん。うん、彼女の生命線はとても長い。死ぬなんて当分先だろうな。良かった良かった。こういう所がいいんだよ。うん、白くて繊細でかわいい手だなあ。大好き過ぎる。

　という本心をとにかくひた隠しにして、僕はあくまでクールを装って答えた。

「そういう細かい所までしっかり検証した話はあんまりないんだよね」

「だよね〜。ただのフィクションの怪談話だったとしても、こうやって科学的検証とか付け足せば絶対もっと怖くなると思うんだけど」

　だから『もっと怖くしよう』なのだろう。

　どんな話題にも『ソース』を求められる今の世の中。

　怖い怪談話にも科学的な根拠を求めたり、もっと幽霊を検証したりする方がいいのかも。

「じゃあ、別方面で怖くしてみたいんだけどっ！」

「うん？」

「実はそのカップルが大量殺人事件を起こした凶悪な犯人で、死んだ人たちが復讐《ふくしゅう》しに来たっていうのはどう？」

「ああ、それは確かに、もっと怖いかもしれない」

「でしょでしょ！」

「それだとなんでわざわざお墓で、イチャイチャするのを待ってあげてから現れたんだろうね？　運転中に窓を叩《たた》いた方がより復讐できるんじゃない？」

「それはね、運転中だと他の車に迷惑がかかるからだよ！　幽霊たちも、新しい犠牲者を生みたくないっていう善良な心を持っているからさ！」

善良な心を持った幽霊が脅かして復讐《ふくしゅう》するのだろうか。

どんなにいい人でも自分を殺した相手にはムカつくものなのかもしれない。

僕は普通に殺して復讐したくなると思うけど。

「こういうのを検証していけばもっと怖くなるだろうしさ」

「うん、それはそうかもしれない」

「でしょ！　それに……」

星子《せいこ》ちゃんはニンマリと笑って、ビシッと僕に指を突きつけた。


「怪談話を解決できるかもしれない！」


ほとんどの怪談話はフィクションだ。

だからディテールが詰められていない部分をつつくとボロが出る。

だが星子ちゃんはボロを見つけて面白がっているのではなく、ある意味本気で『怪談話』に向き合い、もっと怖くしたり、なんとか原因を究明しようとする。

彼女には、そういう『怪異による怖い話』を解決したいという強い希望がある。

「怪談話の被害者だって、自分が何にどんな理由でどう酷《ひど》い目に遭ったのかをハッキリ知りたいだろうし、お化けとか幽霊の方だって、意図とか原因を知ってほしいと思うの」

それは星子ちゃんの好奇心からくる発言なのだが、登場人物だけでなく怪異の方にまで感情移入した結果だ。そんな星子ちゃんの興味が尽きないよう、僕もたくさんの話を調べているのだが、なかなか彼女の好奇心全てを満たす怪談話には巡《めぐ》り逢《あ》えない。

「こういう話してるの、ほんっと楽しいよねえ。にひひ」

それでも、こういう話をしている星子ちゃんはとても楽しそうだった。

気を良くしたのか、ニヤニヤ笑いながら飲んでいるコーラをストローで吸い上げる。コーラなんて飲んで太らないのかと思っているのだけど、彼女の顔も腕も腰も足も（胸も）とても細くてしなやかで美しい。本人いわく、糖分は頭脳とダンスと歌で全て消費しているかららしいが、単純に体質だと思う。

「それにしても星子ちゃんは、よくそんなことまで考えられるよね。普通は、怪談の粗捜しなんてしないと思うよ？」

「粗捜しなんてしてないって！　気になっちゃうだけだしっ」

「どういう考え方だとそうなるのさ」

「えー？　そうだなあ……たとえばだけど」

「うん」

「話に出てきたものは〝有る〟と思うんだよね。でも『有って当然なのに話してない部分』っていうのがあるでしょ？」

「今回で言うと、手相とか指紋？」

「そう！　そういう本当は〝有る〟はずなのに、語られていない部分っていうのに、なんか真実が隠されているかもしれないじゃん」

しれないじゃん、と言われても困る。

推理小説だとフェアじゃないって言われて怒られるやつだ。

だけど怪談話だから仕方ない……みたいな節はあるもんな。

星子《せいこ》ちゃんはそれを許さないのか。

ディテールにこだわり過ぎるのもあるけれど、逆に言えばそこさえしっかりしていれば星子ちゃんはちゃんと怖がってくれる。

並の話では彼女を本当に怖がらせることなどできない。

適当な甘い作りの話では、彼女の好奇心には勝てないからだ。

このまま星子ちゃんが全ての怪談話を『もっと怖くしたい』とか言いながら解決し始めたら怪談話のオバケや怪異たちも怖いだろうな。配信者アイドルとして名を上げれば上げるほど、存在意義を脅かされるのだから。

などと、この手の話をノリノリでしてもいい、そんな空気が深夜のファミリーレストランにはある。だからこそ、僕たちは毎日のようにここで語り合っているのだが……。

今夜だけは、違った。

「ちょっといいかい、お二人さん？」

話しかけてきたのは、まだ中学生くらいとみられる女の子だ。服装はちょっとお嬢様っぽい雰囲気のあるものを着ている。髪の毛が完全に真っ白で、目は透き通るようなワインレッド。一見すると精巧な人形のような雰囲気の儚《はかな》げな美少女なのに、そこに浮かんでいるニヒルな笑みは『ニヤリ』と形容するのが最も適切で。何より、口調は男の子っぽかった。

突然の美しき来訪者に、流石《さすが》に星子ちゃんも目をまんまるに見開いて驚いている。こんな驚いている顔もまた可愛《かわい》い。

「デビュー半年で登録者数が五万人を突破した個人配信者アイドル、星見《ほしみ》星子ちゃんだろ？　まずはサインをくれないか？」

白髪美少女の笑みは不敵なものだったが、内容はよくあるものだった。

彼女は小さな鞄《かばん》から可愛らしい手帳を取り出すと、それを星子ちゃんに差し出す。

「あ、はい、いいですよ！」

星子《せいこ》ちゃんはすぐにアイドルな笑みを浮かべると、自前のペンを取り出してサラサラッとサインを書いた。こういうのも手慣れているのだろう。なんせ『ファン百人に怖い話をしてもらって、百枚のサインを書く百物語企画』なんてオンラインイベントも開いていたくらいだ。なお、そのサインの発送は僕も手伝った。

「ありがとな。お礼に、すごい怪談話をプレゼントするぜ」

「えー！　ほんとにー!?　ありがとうございますー！」

声のトーンがアイドルモードの時よりも更に上がっていた。

アイドルとして知られていることよりも、怖い話が聞ける方が嬉《うれ》しいというのがファンにバレてしまいかねないレベルだ。

「そっちのイケメンなお兄さんも一緒に聞いていっておくれよ」

「え、あ、うん。ありがとう？」

「お礼はポテトの盛り合わせでいいぜ？」

お礼もちゃっかりねだられてしまう辺り、外見は幻想的なのにとても俗物的な女の子なのかもしれない。態度や表情から見た目よりももっと年上なのが窺《うかが》える。

「じゃ、ポテトの盛り合わせも頼んでおくね」

星子ちゃんがテーブルにあったタブレットを操作する。ついでに何か自分も追加注文しようとしているのか、他のメニューを見てニコニコしていた。

「ドリンクバーも頼む」

そして女の子も更に注文を重ねる。これも僕の奢《おご》りなのだろう。僕自身は金欠だからドリンクバーしか頼んでいないというのに。もしかしたら、こういう可愛《かわい》い子が食事をねだりまくるという、新手のタカリなのかもしれない。

「とっておきの、ディテールを詰めた話を用意しているからな」

「わーい！」

後出しでちょいちょい情報を増やす辺り、やり手だった。

僕ごときでは太刀打ちできそうもないので、素直にポテトの盛り合わせとドリンクバーくらいはご馳走《ちそう》することにする。星子ちゃんも喜んでいるし。喜んだ顔はとてつもなく可愛いんだから仕方ない。

「んじゃ、失礼して」

彼女は星子ちゃんの隣に座った。

こういう時、ファンは普通なら向かいに座るはずだが、目の前には美少女が二人並んでいて目の保養になるので何も言わないでおいた。この子だって見た目のインパクトが強いんだから、配信すれば一気に人気者になりそうだ。

「あ、そういえばサインにお名前はなんて書けば？」

「あー、名前、名前かあ。中山《なかやま》……赤聖《あかひじり》……西野《にしの》……うーん。まあ、ただの『あーちゃん』でお願いするよ」

「偽名多いんだ？」

「星子《せいこ》ちゃんは本名アイドルなのかい？」

「あはは！　本名ではないよ、アイドルだからね！　ちょっと本名を捻《ひね》ってるけど」

「どんな捻りを入れているんだい？　よくあるアナグラムかなあ？」

「実はね～、って言っちゃったら本名バレるよ！　こっわ！」

「あはは、惜しい！」

なんか突発で美少女コラボ始まったぞ、みたいな気持ちになった。

僕はすっかり本名ではなく、もうかなり昔から『星子ちゃん』と呼んでいる。これはデビュー前から決まっていた名前なので、僕の中では本名みたいなものだった。

「じゃあ、あーちゃんへ、っと」

「ハートも付けておくれ」

「ハートと花丸を付けてあげよう～」

「やったぜ！」

駆け出しの配信者アイドルと白髪美少女の掛け合いは見てて楽しいものだった。

なかなか見られる取り合わせではないので、僕はリスナーに徹したい。なんなら今度、コラボみたいな形であーちゃんも配信に出たりすればいいんじゃないだろうか。

「っとと。さて、ここで最初に語らないといけないことがあるんだ」

あーちゃんは神妙な顔つきになる。

僕と星子ちゃんが顔を見合わせていると、彼女は得意げに口の端を吊り上げて。


「実は、私は魔女なんだよ」


とんでもないことを言い出した。

「魔女!」

星子ちゃんは立ち上がらんばかりに嬉《うれ》しそうにテーブルに手をつく。

僕は『怪談を語る時の演出かな?』と思い、そのまま先を聞いていた。

「見た目からして、神秘的な魔女っぽいだろう? 今どきの魔女はこうやって、当たり前のように日常の中で堂々と生きているのさ」

外見的に見れば確かに異質な存在感がある。だけど話せば話すほど気さくで、ノリも良くて、親しみ易《やす》い。だが魔女と言われれば、確かにあーちゃんの話に引き込まれるような気分になっていた。

本当に魔女なのかもしれない。

そう思わせる雰囲気と謎の説得力が彼女にはあった。

そんな魔女が語る怪談とは……?

そんなの、星子《せいこ》ちゃんが気にならないはずがない。

「その名も【魔女の怪談話】。こいつは、聞いている者を物語の中に誘《いざな》う。つまり、お前さんたちはこれから話すお話を実体験することになるわけだ」

「えー! ほんとにー!?」

星子ちゃんは心底喜んでいた。ビックリするくらい声は高くなり、今まで見たことないくらい嬉《うれ》しそうに目が輝いている。

無理もない。

こんなにオカルトが大好きなのに、彼女本人は心霊体験みたいなものをしたことがないからだ。どんなに心霊スポットに行っても、ネットで探した呪われた儀式をやってみても、お墓の近くをうろうろしても、一切そういう現象には遭遇したことがない。

常々「本物の幽霊出ないかなー」とボヤいていたくらいだ。

幽霊の方もそんなに待ち構えられると出づらいのかもしれないな。僕だったら、星子ちゃんみたいな可愛《かわい》い子がいたら自己主張したくなるけど。

いや、でも推しに認知されるのはどうなんだ? うーん。

「実体験ということは、オバケを見たりできる?」

「まあ、オバケが出る怪談話ならバッチリ見れるよ」

「うおおおー！」

すっかり星子ちゃんは興奮していた。

オバケや幽霊なんてすすんで見たいものではないが、彼女の場合はもう憧れが強くなってしまっているのだろう。

だけど、実体験できるということは……怪談話って大抵怖い目に遭う話なわけで。

星子ちゃんと違って、僕はなんかちょっと怖いので否定したくなってしまう。

「体験できるとしてもさ。……でも、怪談話って大抵作り話でしょ？　最初から現実じゃないって分かっていたら怖くないいんじゃないかな？」

「イケメンくんの言う通りだが、そうとも限らないぜ」

一瞬、彼女の瞳がキラリと光ったような気がした。

「なんせ、強く信じられた虚構は現実になっちまうからな。幽霊も、怪異も、魔女だって、昔っから大勢に信じられているからこそ生まれたのさ」

凄《すご》い。かなりそれっぽい返事だった。

人は強く信じると幻を現実のものとして認識してしまうという話もある。夢の中で負傷したら、起きた時にも同じ箇所を怪我《けが》していたという話も聞いたことがあるし。

「そんなのを実体験して、僕たちは大丈夫なの？」

そう尋ねてみると『その質問を待っていた！』とばかりにあーちゃんは深く頷《うなず》いた。

「実際に登場人物が怖い目に遭ったり死んだりすることもある。だけど体験している聞き手にはなんの影響もないよ。だからアトラクションだと思って体験しておくれ」

「ふむふむ、命に関わるものではないということね」

「私の怪談のせいでアイドルが死んだら、それこそ新しい怪談になっちまう」

「魔女の怪談でアイドル死亡！　それもちょっと楽しそうーっ！」

物騒なことを言う星子《せいこ》ちゃんだが、僕は安堵《あんど》していた。

星子ちゃんは『この世の中の不思議なことを体験して解き明かしたい』という欲望があるからいいのだが、僕は『星子ちゃんがとにかく無事でいられますように』というのが心の底からの願いなのだから。

「そんな凄《すご》いものだったら、何か別の危険があるんじゃ？」

すっかり乗り気になっている星子ちゃんを守るためにも僕が尋ねる。

あーちゃんが実際に魔女なのか、そして怪談話が体験できるのかはとても疑問だが、そういうノリとして付き合うことに異論はない。怪談はエンターテイメントなので、そういうごっこ遊びみたいな雰囲気が大事なのもよく分かっているからだ。

だが万が一、本当にこの魔女が僕たちを……星子ちゃんを陥れるために現れたのなら。

そんな小さな可能性を考えて守るのも僕の役目だった。

「イケメンカレシくんはすっごい警戒してるな？」

「カレシじゃないよ！　幼なじみ！　友達！」

キッパリ否定されると強くあろうとしていた心が折れそうになるが、それでもなんとか持ち直してあーちゃんを見つめる。返事があるまではツッコミを入れたりはしない。

そんな僕を見て「ほう」と目を細めた彼女は、見た目よりもとても年上に思えた。若作りとかではなく、幼い体なのに精神が既に老成しているかのような。

「危険は、ぶっちゃけある！」

そして堂々言い放ったので、僕の警戒心は一層高まった。

「それは、どんな？」

「魔女である私が、魔力を込めて『怪談話』をすると世界が歪《ゆが》むんだよ。だから……」

あーちゃんは右手の指を三本、バッ！　と立てて僕に見せた。

「【魔女の怪談話】の絶対的なルールは三つ！

一・決して手を離してはいけない。

二・同じ怪談話は二度までしか聞いてはいけない。

三・一日で聞ける話は三話まで。

だぜ！」

僕と星子《せいこ》ちゃんは目を瞬かせて顔を見合わせた。

この突然のゲストは、本当に不思議な世界を見せてくれるのかもしれない。そんな言いようのない実感が胸に過《よぎ》ったからだ。

三つのルールを聞いた途端に、謎の高揚感を覚える。

それこそ、遊園地でジェットコースターに乗り込み、発車したばかりの時のような。

僕は早速スマートフォンにメモを取っておく。

こういうルール系や要点は残しておけば……後で見せた時、星子ちゃんが喜ぶ。

これは中学生時代に初めて自分専用スマートフォンを手に入れた時からの日課だった。

『魔女の怪談話のルール』というタイトルを付けて、あーちゃんを見て尋ねる。

「そのルールを破ると、どうなるんだい？」

「ひとつでも破ると、体験者は『怪談話』の世界を彷徨《さまよ》う亡霊になってしまうんだ。そうなればもう、普通は二度と元のこの世界に帰還はできない……いずれ、消えてしまう。そういう、超危険な怪談なわけだが、どうだい、興味を持ったかい？」

「もちろん！　あたしはそういう怖い条件系のも大好きだから平気平気っ！」

「星子ちゃんがノリノリで助かるよ」

なるほど、敢《あ》えて厳密なルールを用いることで、怪談話を聞いている本人にも影響が出るという流れか。よくあるのが『この話を聞いた人の所にも幽霊が現れる』というタイプ

の怪談。あれも聞き手をただの視聴者ではなく、恐怖の当事者にする工夫だ。

「僕も星子《せいこ》ちゃんと一緒に体験できるってことでいいのかな？」

「ああ、その通りさ。むしろ二人用だよ。ものは試し、とりあえず簡単な話から聞いてみるかい？　どんな人でも大抵は大丈夫なヤツを用意してあるぜ」

「あー、それなら」

しかし、聞いているだけで怪談話を体験できるなんて、そんなことあるだろうか？

あまりに臨場感があって、リアルだからそう感じてしまう、とかなら分かるけど。

星子ちゃんは既に納得しているし、僕は半信半疑だ。

だけど、あーちゃんは常に自信満々である。

とりあえずこの流れだと、怪談を聞いてみるしかないな。

「んじゃ、ポテトが届いたら早速お話を開始するよ」

あーちゃん、と名乗る彼女はもったいぶるように告げる。

星子ちゃんは誰が見ても分かるくらいに、ワクワクが隠せていない。


こうして。

彼女の口から不思議な怪談話が語られることになり――。

僕にとっては最期の夜が始まった。

【魔女の怪談話のルール】

一・決して手を離してはいけない。
どうやら『二人用』らしい。
絶対に手を離さないようにしよう。

二・同じ怪談話は二度までしか聞いてはいけない。
一度目は体験として、二度目は考察として利用できるルール。
まさに星子《せいこ》ちゃん向きの怪談と言える。

三・一日で聞ける話は三話まで。
二十四時間以内にというよりは一晩と考える方が良さそう。
二度まで聞けるのを考えると合計六回は聞けるっぽい。

■事故物件に現れた幽霊　体験編

「早速、とっておきの怖い話をするぜ！」

　あーちゃんはこれから爆笑トークでも始めるかのようなテンションでニコニコと語り出した。この調子で恐怖心を煽《あお》ったりできるのだろうか？　僕はそんな心配をしながら耳を傾ける。

「簡単なジャブから行くよ。怪談あるあるみたいな話だな」

「お、いいね！」

　あーちゃんが語り始めると、星子ちゃんはテーブルに身を乗り出す。

　僕はちょっと緊張して、ウーロン茶の入ったコップを握る手に力が入った。

「事故物件に住んでたAくんっていう大学生がいたんだけどな……」

「うんうんっ」

「なんと、神隠しに遭ったんだー！」

「わー！」

　あーちゃんが派手に両手を広げて言ったものだから、星子ちゃんも負けじと大袈裟《おおげさ》に両手を挙げて反応していた。この場にツッコミはいない。ならば僕がやるしかない。

「いやいや、始まりとオチだけ言われても！」

手を『なんでやねん』の形にしてあーちゃんの方に向けると、彼女はクスクスと意地悪く笑っている。どうやら僕のツッコミも想定して話したようだ。なかなかに食えない話し手さんである。

「いやあ、手っ取り早いかなーと思って」

「怪談を手っ取り早く終わらせちゃダメでしょ」

「こちらのイケメンさんは今どき珍しく、お話をじっくり楽しむ派のようだな」

僕自身がどうかはさておき、星子《せいこ》ちゃんはニコニコしている。

彼女は幽霊の存在する意図や原因、できることなどのルール、いわば『幽霊システム』を解き明かしたいだけであり、お話がどう盛り上がるとかはあまり考えていないのだ。

「それに、さっき言ってた『魔女の怪談は体験できるんだよ、ワハハ』みたいなのは？」

「ワハハは言ってないはずだが、まあまあ。今のはジャブだってば」

「というと、これからがストレート？」

「それはもう、ストライクど真ん中にズバッとストレートを入れてやるぜ」

相変わらずやる気満々なのはいいんだが、今ので一気に胡散臭《うさんくさ》くなってしまった。

見た目は中学生くらいの少女が、ふざけて『魔女』ごっこしているだけなんじゃないだろうか？　普通に考えればそうだろうけど、星子ちゃんが期待していたのを裏切ったとなれば僕もキツく言わなければいけなくなる。

「それじゃ、準備はいいかい？」

僕と星子ちゃんは頷《うなず》く。

そんな僕たちを見て、あーちゃんはニヤリと笑うと。

「【魔女の怪談話】の世界に入る時は、手を繋《つな》いでいておくれ。手を離すと、お話の中で迷子になって外の世界に出られなくなるかもしれないからな」

「手……っ」

僕はドキッとした。

ひとつめのルールである『決して手を離してはいけない』というアレだろう。

でも、星子ちゃんと手を繋ぐなんて許されるのだろうか？

幼なじみなので小さい頃はもちろん繋いだこともある。

だが、今の彼女は配信者アイドルだ。

既に多くのファンの心を掴《つか》み、ガチ恋勢までいっぱいいる状態。

「星子ちゃんと握手するためには、イベントで音源を買う必要があるんだけど……」

僕が言うと、星子ちゃんは『ぷっ！』と吹き出した。

「小さい頃はしょっちゅう繋いでいたのに！　もう、ほら！」

ギュッ。

星子《せいこ》ちゃんの小さくて綺麗《きれい》で可憐《かれん》で美しい手が、テーブルの上で僕の手を握った。

そして僕は死んでもいいと思えた。

「ありがとう……【魔女の怪談話】……」

心の底から感謝する。目頭が熱くなり、自分でも泣いているのが分かる。

「泣いてる!?」

「推しと手を繋《つな》いだら人は感動で泣くんです」

「丁寧語になってる！」

ケタケタと笑う彼女は、僕の手を握る力を更に強める。

星子ちゃんの冷たい手が心地よくて、僕は怪談話を体験する前にもう死んでしまうような気分だった。

見れば、あーちゃんはニヤニヤと笑いながら頷《うなず》いている。

そうか、これは僕へのサービスでもあるのか。

ありがとう魔女。僕は今後、魔女も推すよ。

そんなことをしみじみと考えていると――。

「さてさて、準備万端だな。今回は登場人物がいなくなる怖い話だから、あんまりショックを受けないように気をつけるんだぜ。あと、びっくりしても二人の手は絶対に離さないようにな？」

あーちゃんの声のトーンが下がった。

既に『そんなことより、一分、一秒でも長くこの手を離さずにいたい。できれば永遠に離さない』と思い込んでいたので、注意事項は問題なかった。握手会でさえ、ずっと握っていたいから時間制限があるのだ。推しのアイドルの手を自分から離すファンなどいない。


『それでは【魔女の怪談話】始まり、始まり――』


その言葉を聞いた瞬間。

僕は信じられないことを体験した。

まず、ファミリーレストランがぼんやりと霧に包まれたかと思えば、すぐに辺り一面が真っ白に染まる。頭の中でパチパチと何かが弾《はじ》けるような光を感じて目を閉じると、目の裏辺りがじわっと熱くなった。

そして、深く息を吸うと……。

それまでのファミリーレストランではなく、雨に湿ったアスファルトが発する匂いのような空気が肺に入ってきた。

驚いて目を開く。

そこは、僕もよく知らない真夜中の住宅街、その道路脇だった。

雨上がりなのか、道路や壁、家の屋根もちょっと濡《ぬ》れている。

「なっ⁉」

「わぁっ」

気が付けば星子《せいこ》ちゃんは僕の左手を右手で握って、横に立っていた。

繋《つな》いでいる手は同じだが、さっきまでは正面で手を合わせていたのに。

今は『ずっと恋人繋ぎしてました』とでも言うかのように、お互いの手をしっかりと指と指に挟んで握り合っている。

自分たちがいきなり住宅街にワープしたことも驚いたが、星子ちゃんと恋人繋ぎしている事実も大変な衝撃なわけで。

「すごいすごい！【魔女の怪談話】ガチだよガチ！」

ぶんぶんぶん、と繋いだ手を振りまくって興奮している星子ちゃん。その髪の香りも、吐息も、すごく間近に感じられる。

僕と星子ちゃんは本当に【魔女の怪談話】の中に入ったということなのか？

『大丈夫かい？　星子ちゃんはさておき、イケメンくんは生きてるかい？』

どこからともなく……耳元のような、もっと頭の奥のような、そんな場所から通話みたいにちょっとノイズの混じった音であーちゃんの声が響く。

「幸せで死にそうなの以外は平気です」

「あはは、手を繋いだくらいで大袈裟《おおげさ》だなあ！」

星子ちゃんは冗談だと思っているようだが、僕は本当に心臓もすっごい速度で高鳴っているし、なんなら手汗とかかいてそうだし、呼吸も浅くなって喉がヒューヒュー鳴りそうなレベルの緊張感だった。

『無事に生きているようで何よりだ。それじゃ、これから登場人物には衝撃的な結末が待っているわけだが、ショックで死なないようにな』

「はーいっ」

「確かに、もう死んでもいいと思っている」

本心が常に口から出てしまうくらいには僕は舞い上がっていたわけだが。

たしか登場人物に待っている結末は『神隠し』だっけか。

つまり、いなくなってしまって行方不明。その後その姿を見た者はいない系だ。

怪談話のバッドエンドなオチとしては『死亡パターン』に次ぐジャンルだったりする。

『さて、お前さんたちの見ているアパートがあるな。二階建ての白い建物だ。「ハッピーコーポ」って階段の脇の壁に書いてあるだろ？』

星子《せいこ》ちゃんの横顔ばっかり見つめていた僕だが、渋々道路の向こうを見てみる。

言われた通り、ちょっとこじゃれたアパートに『ハッピーコーポ』と書いてあった。

事故物件と言うからボロボロのオンボロアパートとか想像していたけれど、どちらかと言えば学生人気も高そうな築年数も浅い建物だ。

『その一階の二号室が、件《くだん》の事故物件さ。全部で六部屋なわけだが、他の部屋に住人は一人もいない』

エントランス脇にある郵便受けを見てみると、空き室表示と共にガムテープで受け口が封じられていた。ダイレクトメールやチラシを入れられないための手段だろう。

そんな中で『一〇二』の郵便受けにはガムテープが貼られていなかった。

『とある大学生のAくんが、その部屋に住み始めた初日。

とりあえず荷物だけ適当に運び込んだ後、彼は合コンに向かった。

その日は女子大生たちと飲み明かし、帰宅時刻は深夜二時となったのだった』

あーちゃんの声が聞こえると同時に、僕たちのいる道路から一人の青年が歩み出る。

黒髪に銀縁眼鏡の、線の細い青年だ。いかにも『勤勉な学生』風である。よく見れば顔は整っているようなのだが、いかんせん髪型が適当なのとやや猫背なせいで一見するとちょっと根暗な人物に見える。なんとなく親近感が湧いた。

こういうタイプは星子ちゃんのファンになりそうだな、と思う。

まあ、ストーカーになったりするタイプでもありそうなので、もしそうなったら僕は全力で邪魔をするだろう。

Aくんは、そんな典型的な『真面目な大学生』の雰囲気を持った人物だった。

「ほえええ、こんなにはっきり見えるものなんだ」

星子ちゃんは彼を見て驚いている。

彼の容姿から歩き方、息遣いだけではない。着ている服や持っている鞄《かばん》のブランドまで、しっかりと把握できるくらい、ディテールが細かいからだ。

耳をすませば、少し離れた通りを走る車の音も聞こえてくる。辺りの家には明かりのついている部屋もあったりする。

ここは夢や幻ではない。

本当にある場所なんだ。

そこまで気付いて、背筋に寒気が走る。

『本当にある場所』で『これから人が消える』。

そして『それを体験する』。

そんなことが許されるのだろうか？

『今の二人は、それこそ幽霊みたいなものだから、誰からも認識されないし、物に触れることもできない。お話に干渉することは一切できないから、注意だぜ。もちろん、これからいなくなってしまう被害者のAくんを助けることもできない。イマーシブシアターみたいなもんだな』

イマーシブシアターと言われてもよく分からないので、星子《せいこ》ちゃんを見てみる。

彼女は『わあああ！』と目を輝かせているので、どうやら知っているようだ。

僕が不思議そうな顔をしているのに気付いたのか、星子ちゃんは笑顔で説明してくれた。

「イマーシブシアターっていうのは体験型演劇っていうもので。演劇と言えば舞台でするもんなんだけど、お客さんが実際に物語の中を体験するように作られているの」

「へえええ」

そんな方式の演劇もあるのか。

星子ちゃんは演技にも興味があるので、そっち方面にも詳しい。

「たとえば広い洋館で密室殺人事件が起きたりするお話で、お客さんはその館内をうろうろ歩き回って鑑賞しててもいい、みたいな。殺人事件が起きたその場所にいて、もろに犯行を目撃したり、全く関係ない場所の登場人物を追いかけたりしてもいいんだよ」

「本当に劇の中に入ってる感じなんだね」

今はそんな演劇があったりするのか、と勉強になった。

星子ちゃんはお芝居なんかも好きで、配信でもたまに演劇ごっこみたいなことをしていたので興味を持っていたのだろう。

つまり、今僕たちが体験しているのもそれで。

この『怪談話』に対してはあくまで観《み》るだけの観客めいたものなんだな。

「あ、Ａくんが部屋に帰るみたい。追いかけよっ」

星子ちゃんに手を引かれて、僕もそのアパートに向かう。

見れば見るほど、何もかもがリアルだった。

だけど、試しに郵便受けに触ろうとしてみた時、その手は空を切った。

触ろうとしても、何かに触れることはできないらしい。

ちょっとした段差の汚れや小さなゴミもしっかりと存在しているが、僕たちが通ってもその汚れは全く取れず、ゴミも全く動いていない。

物質的な干渉は一切できないというのは確かなようだ。

足で段差を蹴ってみたけれど、そのまま通り抜けてしまう。

頼りになる感覚は星子ちゃんの右手だけで、僕はすがるように軽く握った。

「幽霊のシステムを解き明かしたいあたしが、本物の幽霊になったみたい」

星子ちゃんの感想には完全に同意だ。

幽霊になったらこんな風に全てに知られることなく、触れることもできず、ただそこに在るだけの存在になってしまうんだろうか。

「段差って登れるのかな？」

星子《せいこ》ちゃんが一歩踏み出すと、彼女の高さが少しだけ上がった。

段差を登るというよりは、段差に合わせて自分の居場所を持ち上げるようなイメージなのかもしれない。自分の位置をその場に固定するような感覚。

重力や地球からも切り離されたかのような孤独感も覚える。

「慣れたら、空に立ったりできるのかも？　ふひひっ」

だが星子ちゃんはこの状態をとても楽しんでいた。

この『ふひひ』笑いが出ている時、彼女は心の底から面白くて仕方ないのだ。そして僕はそんな彼女が大好きなので、ようやく落ち着く。

むしろ幽霊になって星子ちゃんしか感じられないとか最高かもしれない。

そんなことを話しているうちに、Aくんは背を丸めたままアパートの廊下を歩いていた。

彼の他に誰も住んでいないアパートというのはとても不気味で、廃墟《はいきょ》的な雰囲気を覚える。このアパート以外の家にはどれも誰かが生きているのに、この建物で生きている人間はAくんだけ……。

そんな現実が、より恐怖感を高めるのかもしれない。

だが、Aくんはそんな不気味さを感じることもなくそのまま自室の前に辿《たど》り着《つ》いた。

ポケットから鍵を取り出し、ガチャリと開錠する。

そのままドアを開けると、彼は玄関で靴を脱いで、部屋に入った。

ドアがゆっくり閉じていたので、僕は慌ててドアを押さえようとする。

だが、その手はするりと通り抜けてしまった。何にも干渉できないということは、ドアを通ることもできないという意味なのか。だとすれば、どうしたら……。

「そりゃっ」

星子ちゃんは気合を入れると、そのままドアに突っ込んで……すり抜けた。

驚く僕の手も、そのまま玄関の内側に吸い込まれる。

幽霊のようになった僕たちは、なんとドアを通り抜けられるのだ。

「これ、ドアの中はどうなってるんだろう？　と思って目を開けたまま入ったんだけど真っ暗で何も見えなかったよ」

「まあ、光が届かないドアの内部にあるものは見えないからね」

「あ、そっか」

とはいえ、僕たちはそもそもこの怪談話の『光』を目に映して見ているわけではないのかもしれない。

あーちゃんが語る【魔女の怪談話】。

それを耳にすることで、光景をリアルに脳に描いている……と予想はできるのだが。

そんな脳内に直接映像を届けるような技術は知らない。だからこれは、聞いている人間に夢のようなものを見せる、そういうものだろう。

今の僕は、まさに『魔女の魔法』を体験しているのだ。

そんな得体の知れない魔法の中にいるというのに、隣の星子《せいこ》ちゃんは本当にいつも通りで気圧《けお》された様子もなければ緊張もしていないようだ。

「お邪魔しまーす……あ、靴は脱がなくていいのか」

星子ちゃんは靴に手をかけてから思い直していた。

靴の汚れがこの部屋に付くこともないのだから、お行儀よく脱ぐ必要もない。

他人の家に土足で踏み入ることに抵抗はあるものの、まるで生活を覗《のぞ》いているかのような背徳感に僕は興奮してしまっていた。

Ａくんの部屋はまだ引っ越しの片付けをしていないらしく、玄関にも風呂場にも、廊下にもキッチンにもダンボールが積まれていた。部屋も寝るための布団が出ているだけで、後はスマートフォンの充電器くらいしか取り出していないようだ。


『疲れた……』

帰ってきてすぐに上着だけ脱いで、Ａくんはそのまま布団に倒れた。

ひどく疲れた顔をしていたし、今は何もしたくないらしい。

だが、そんな状態でもスマートフォンを見始める辺り、いかにも今どきの若者だった。

僕もどんなに疲れていても星子ちゃんの配信やツイートを寝る前に何度もチェックするので、その行動は共感できる。

「これから、彼に何かあるんだね……」

星子ちゃんはやや心配そうな顔をしていた。

なんたる心優しさ。こんな素朴な青年に対しても心配してあげるとは。

彼がこれから何を話すのか。何が起きるのか。

全てを逃すまいと、僕たちも自然と口をつぐむ。

『ちょっとでも女子と仲良くなれるかと思って合コンに行ってみたけど、さっぱり会話も何もできなかった……』

いきなり星子ちゃんにはあんまり聞かせたくない系の話だった。

なるほど、彼は女の子と会うために出かけていて、そして撃沈して帰ってきたのか。あの寂しそうな雰囲気や背を丸めた歩き方はショックの表れだったのだろう。こんな事故物件に住んでいるせいで、余計に哀れに見えてしまう。

『あの酔い潰れた女の子は……別の先輩がお持ち帰りしてた気がするし……』

いかにも爛《ただ》れた大学生の言葉だ。

学びではなく遊びにかける姿は大学生らしいと言えばらしいが。やっぱり星子《せいこ》ちゃんにはあんまり聞かせたくなくてオロオロしていると、彼女は思ったよりも冷静な面持ちで彼の呟《つぶや》きを聞いていた。

「女の子が酔い潰れた時って、半分くらいは『酔ったフリ』で、お目当ての男子に持ち帰ってもらうためにしてるのがほとんどらしいよ」

まさかのそっちに対するお話だった。

「え、そうなの⁉　星子ちゃんもそういうことしたことが⁉」

「あははは、あたしはないない。そんな姿をファンに見られたら全てが終わりだから、男子との飲み会にも行かないし。あたしたちアイドルも、そういう意味だと綺麗《きれい》な虚構を見て楽しんでもらうものだからね」

自分のことを虚構と言い張るのもちょっと驚いたが、まあアイドルは『偶像』なわけだし、似たようなものなのかもしれない。

それに、どうやら悪い男にお持ち帰りされたこともないのを知って安心する。

僕は胸を撫《な》で下《お》ろしながら、彼の方を改めて見てみた。

しばらくスマートフォンを見ていたが、そのまま目を閉じている。

僕もよくやるが、見ながら寝落ちしてしまうパターンだ。

翌朝、充電がなくなっていたり服がしわしわになっていたりして大変なやつである。

そんなどうでもいい心配をしていると……。

ジャー!!


突然、洗面所の方から水が流れる音がした。

『わっ!?』

目を見開いて、Aくんは慌てて廊下の方を見た。

僕たちも振り返ってみると……明かりがついていないのもあるが、さっきよりも妙に薄暗さが増しているように見える。

『え？　な、なんだ？』

彼の動揺と戸惑いっぷりは哀れに思えるほどだった。

『まさか、事故物件の幽霊が……？』

Aくんはビクビクしながら立ち上がると、フラつく足取りで洗面所に向かう。

「ついに、だねっ！」

星子ちゃんはウキウキした小声で僕に囁《ささや》く。

だけど、握っている手は強くなった。緊張しているのだろう。

ついにガチで体験する『心霊現象』。

僕たちはこれが怪談話の中であり、事故物件であることも……。

Aくんが神隠しに遭ってしまうという結末まで知っている。

僕も緊張して、胸の鼓動が速くなってきた。

部屋を出て音がする方向に向かうAくんを追いかけ、僕たちも滑るような足取りでその後をついて歩く。

この部屋はトイレとお風呂が別々の間取りで、洗面所は風呂場の隣にある。

正面に洗面台があり、右手にトイレのドア。左手に風呂場のすりガラス戸という位置取りだ。大学生の一人暮らしといえばユニットバスが多いのだが、ここは事故物件なのもあって風呂トイレ別々で格安物件ということなのだろう。

Aくんが洗面台に辿《たど》り着《つ》いたと同時に、僕たちも覗《のぞ》き込んでみたところ……。

『うわっ！』

僕とAくんの叫びが重なった。

洗面台の蛇口からは水が流れていたのだが、その水の中に黒いもの――。

長い髪の毛のようなものが大量に混ざっていたのだ。

「……ひゅっ！」

星子《せいこ》ちゃんが悲鳴をなんとか我慢して息を呑《の》んでいた。

僕たちが覗き込んだ洗面台では、水と一緒に髪の毛が蛇口から出ていた。

その髪の毛で排水口はすぐに詰まってしまい、みるみるうちに水が溢《あふ》れていく。
洗面台に溜《た》まっていく水の中で、ぐるぐると渦を巻くように黒髪が揺蕩《たゆた》っていた。
まるで――。
その水の中に、沈んだ女性でもいるかのように。
『なんだ、これ!?　髪!?　なんで蛇口から!?』
Aくんは大騒ぎしながら、慌ててレバーを下ろして締める。
水が止まると同時に、ずるりと髪の塊が落ちて水溜《みずたま》りに沈んだ。
『本物の髪の毛？　気持ち悪い……』
Aくんがあまりにも不気味なそれに触ることもできずに慄《おのの》いていると……。

ジャアアアアアアア!!

今度はお風呂場の方で水の流れる音が聞こえる。
『ななな!?』
彼は、慌ててすりガラス戸を開けた。
そこではシャワーが勝手に出ていて……。
そのシャワー口から流れているのは普通のお湯などではなく。

血のように真っ赤な液体だった。

『ヒィ!?』

またも僕と彼の叫びが重なる。

風呂場に重ねられたダンボールにボタボタと付着しているそれは、あまりに赤黒い。やや粘性の高い様子からして、血としか思えない。

そしてシャワーはダンボールや浴室だけでなく、ドアを開けたAくんにも降り掛かった。

みるみる、彼の体も血塗《ちまみ》れになっていく。

『ウアアアアアア!!』

絶叫する彼は腰を抜かしてフロアにへたり込んだ。

そして四《よ》つん這《ば》いになって逃げるように玄関に向かう。

「う……わぁ……」

星子《せいこ》ちゃんは真っ赤に染まっている風呂場に対して感心するような引いているような、どちらとも取れる呟《つぶや》きをしてから、目を背けて玄関に向かったAくんを見る。

『た、助けて!』

彼はそのまま、急いで外に出るドアを開けようとしたのだが……。

ガチャガチャ！

いつの間にか鍵が掛かっていて、ドアは全く開かなかった。

彼は慌てながら、震える手で鍵を外そうとする。

『ええええっ⁉』

だが、鍵は何故《なぜ》か全く動かなかった。

『なんなん、なんなんだ！』

泣き叫ぶ彼。開かないドア。更に強くなるシャワー。再び開かれる洗面台の蛇口。

様々な音が荒れ狂う中。

『……けて……』

か細い女性の声は喧騒《けんそう》の中でハッキリと耳に届いた。

Aくんと僕はピタッと固まってしまう。

星子ちゃんが言ったのではないことは確かだ。そもそも声が違うし、なによりAくんにも聞こえていたのだから。

と、いうことは――。


恐る恐る部屋を振り向く彼に倣い、僕たちもそちらを見てみた。

さっきまで明るかった部屋が、何故《なぜ》か電気が消されて真っ暗になっている。

そして、僕たちは見た。

彼の布団の向こう側……。

窓の方から、じわじわっと何かが立ち上がる姿を。

それは、ぼんやりとした人影だった。

長い髪のシルエットからして女性だろうか？

背があまり高くないことから、もしかしたら年端も行かない少女かもしれない。

だんだん目が慣れてくると、白いボロボロの服を着ていることが分かった。その体には痛々しい傷痕も見られ、体の至るところから赤黒い血が流れている。


『だ、誰だ!?』


Aくんは叫びながらもガチャガチャとドアノブを回そうとしていたし、鍵も外そうとしていた。だが、鍵もノブも音が鳴るだけで、何かがつかえているかのように動かない。

部屋にいた影のような女性はゆっくりとAくんと、僕たちのいる方に近付いてくる。

足音はなく、床の上を重さの感じられない足取りでスーッと移動していた。

間近に迫った時、僕と星子《せいこ》ちゃんはその顔をしっかりと見てしまう。

バサバサと乱れた長い髪の間から覗《のぞ》く顔は、醜く爛《ただ》れているようにも見えた。

その目が——一瞬、僕たちの方を見たような気がした。

命を全く感じない目に見られたことで、本能的な恐怖が刺激されて背筋が凍る。

しかし彼女はそのまま僕たちには興味なさそうに通り過ぎると。

す、す、と歩いて、どんどんAくんに近付いた。

『……けて……』

『うあああああああ!!』

彼女の、血だらけの両手がAくんの頬《ほお》に触れた。

星子ちゃんが咄嗟《とっさ》に手を伸ばして幽霊の女性を止めようとしたが、その手は煙を握ろうとしたかのように空を切る。

僕たちでは、彼を助けることはできない。

分かっていても、星子ちゃんはうっかり手が出てしまったのだろう。

どこか悔しそうに下唇を噛《か》みながら、星子ちゃんは二人の成り行きを見守っていた。

恐怖に歪《ゆが》んだ絶望の表情を浮かべるAくんと、幽霊らしき女性の顔は、僕たちが見ている前でどんどん近付いていく。

それはまるで、キスをするかのように。
或《ある》いは――。
Aくんを捕食するかのように。
彼の顔と彼女の顔が、今まさに重なろうとしていく非現実的な光景の中。
キュッ。
星子《せいこ》ちゃんが強く握ってくれた手の感触だけが、僕の拠《よ》り所《どころ》だった。
そして……。

――ブラックアウト。

世界が一気に暗転する。
真っ暗な視界に戸惑っていると、ぎゅうぎゅうと強く手を握られる感覚だけがあった。
何も見えないけれど、星子ちゃんの手だけはしっかりと感じられる。
おそらく星子ちゃんもそれを確かめるために握ってくれたのだろう。
だから、僕も安心させるように握り返す。

『翌日。

Ａくんの大学の友人が彼の家を訪ねると、ドアの鍵は開いていた。

だが、Ａくんの姿はどこにもなかった。

ついさっきまでそこにいたかのような布団のシワと充電の切れたスマートフォンを残し、忽然《こつぜん》といなくなってしまったのだ。

Ａくんは、今でも消息不明である。

やがて、その事故物件は「神隠しアパート」と呼ばれるようになった。

今も違う名前に変えて、普通に賃貸物件として出ているそうだ……』


あーちゃんの声が聞こえると、スーッと視界が晴れていく。

最初に見えたのは、すっごい近くで僕を覗《のぞ》き込んでいる星子ちゃんの顔のアップ。

恐怖の直後に最高の幸せを感じて戸惑う僕をよそに……。


そこは、もとのファミリーレストランだった。


星子ちゃんと僕はしっかりと手を握り合ったまま、辺りを見回している。

「よう、お帰り。どうだった？　【魔女の怪談話】は。細かいディテールだったろ？」

あーちゃんがオレンジジュースを飲みながらニコニコしている。

「すっ」

星子《せいこ》ちゃんは息を吸うのと同時に言葉を飲み込み。

「すっごかった！　最高！　初めて見た！　怖かった！」

大絶賛であーちゃんを見た。

全身から『最高！』『すごい！』『ありがとう！』という感情が読み取れる。

僕は、上がっていた息をようやく落ち着けるように深呼吸をしていた。

正直、何がなんだか分からない。

だが、物凄《ものすご》い体験をしたのは確かだ。

今のが……【魔女の怪談話】か。

実際に聞くだけでもそこそこ怖い話だっただろうけど、実体験すれば本当に怖くて仕方ない。今でも黒髪の質感や、シャワーから出ていた血の生臭い鉄臭さ、そしてAくんや幽霊の声が耳に残っている。

「楽しんでくれたかい？　ホットケーキを奢《おご》ってくれてもいいんだぜ」

そんなあーちゃんの言葉に、星子ちゃんは『うんうん』と頷《うなず》いた。

今の体験の支払いがホットケーキでいいなら安いものだ。

早速僕がテーブルにあったタブレットを操作していると、うずうずしていた星子ちゃんがたまらなくなってあーちゃんを見た。

「初めて幽霊を間近で見たんだけどっ！」

「おう、いかにも！　って幽霊だったろ？」

「うん！　睨《にら》まれた時は『死んだわあたし』って思ったもん！」

「【魔女の怪談話】の聞き手はなんの干渉もできない代わりになんの干渉もされないから大丈夫だぜ」

「そうみたいだね、触ろうとしたらすり抜けたし、他にも……」

星子ちゃんの口元が震えていた。

あれは『気持ちが溢《あふ》れて喋《しゃべ》らずにはいられない』という状態だ。

生々しい怪談話を体験し、初めて幽霊を見たことで星子ちゃんの頭の中は知りたいこと、興味深いこと、そして確認したいことだらけになっているのだろう。

僕もメモアプリを起動しておき、この後の話をメモれるようにしておいた。

「はい！　気になる所がいっぱいあるんだけど！」

真《ま》っ直《す》ぐ元気良く右手を挙げる。

背筋がピッ！　と伸びているので、それだけで絵になっていた。

「うむ、星見《ほしみ》星子ちゃん、どうぞ」

反してあーちゃんは先生っぽい威厳を出そうとしているのか、腕を組んでふんぞり返っている。残念ながら愛らしさの方が先立っているせいで、貫禄《かんろく》はない。

「やった！　この怪談話ってなんか裏がありそうなんだよね。だからそれをきちんと調べまくりたいんだけどっ」

「おっと、星子《せいこ》ちゃん。もしかして、この話の真相や裏話的なものがなんとな〜く見えちゃったりしたのかい？」

「どうだろ？　あんなにいっぱい気になることがあると、どれがどんな繋《つな》がりを持っているのかはさっぱり分からないんだけどね」

不思議な体験はいっぱいできた。

体験だけでなく、その話の内容だけでも怪奇現象が目白押しだったし。

髪の毛が出てくる蛇口、血が出るシャワー、謎の女性の幽霊、開かないドア。

星子ちゃんのことだから、このどれもが気になって仕方ないだろう。

「もう一回、ちゃんと調べに行っていい？　確かルールでも【魔女の怪談話】は二度までしか聞けない、っていうのがあったよね？」

僕も改めて【魔女の怪談話】のルールを思い出す。


一・決して手を離してはいけない。

二・同じ怪談話は二度までしか聞いてはいけない。

三・一日で聞ける話は三話まで。

この二番を星子ちゃんは主張しているのだ。

逆に言えば、二度までなら聞いてもいいという意味でもある。

普通は一度話したらオチが分かってしまう怪談話を、なんで『二度までしか聞けない』と言っていたのか気になっていたが、こういう意味だったのか。

一回目では気付けないことを、二回目なら調べられるかもしれないからだ。

あーちゃんは食い下がる星子ちゃんを見て、口の端を吊り上げて尋ねる。

「二度目を聞いて、星子ちゃんは何をしたいんだい？」

「解決してきたいんだけど！」

星子ちゃんはやっぱりとんでもないことを言い出した。

今のはあくまで、あーちゃんの『怪談話』だ。

事故物件に住んで、いなくなってしまった大学生Aくんのお話。

未解決事件と言えばそうだが、どうにかする要素なんてないはずだ。

彼が神隠しに遭わないようにするのは、干渉できないことから不可能だった。

だからあの事件を『解決』するなんてことは普通できないはずなのだけど……。

でも、星子ちゃんは解決できる何かに気付いたということか？

「ふ、あは、あはははは！　解決、解決ときたか！　なるほどなるほど！」

これにはあーちゃんも大爆笑だった。

それは馬鹿にしているというよりも、もっと不思議な笑み。

まるで長年待ちわびた好敵手を見つけたかのような笑い方だ。

「いいだろう、星子《せいこ》ちゃん。もう一回今の【魔女の怪談話】をしようじゃないか」

「やったー！　言ってみるもんだ。楽しみだね！」

僕に言われても困る。普通に怖かったし、実際にあった話っぽかったし。

何より、あの幽霊からはなんか危険を感じたし。

僕たちは観客だったはずなのに、目が合ったような気もした。

だから星子ちゃんには危ない目に遭ってほしくないのだが。

「そんじゃ、行こっ！」

最高の笑顔で、ギュッと手を握られる。

昔から大好きな幼なじみで、今は最高の推しにこんなことをされて、断れる人間なんていない。少なくとも僕には絶対に無理だ。

「でも、解決って何をするの、星子ちゃん？　Aくんの神隠しを止めるとか？」

「あー、それは考えてなかった。というかそれをやっちゃうとお話が破綻しちゃうから、あんまりやりたくないし」

「ん？　じゃああの怪談話の何を解決するんだい？」

僕が尋ねると、星子ちゃんはぎゅーっと僕の手を更に強く握って。

「あたしたちであの幽霊さんを助けてあげよ！」

と元気良く言うのだった。

『事故物件に住んだAくんの話』

・登場人物
大学生のAくん
白い服の女性の幽霊

・時間帯
深夜

・場所
アパート『ハッピーコーポ』一〇二号室

・結果
Aくんは幽霊との接触により行方不明に。

■事故物件に現れた幽霊　解決編

星子《せいこ》ちゃんの手はさっきよりも熱くなっていた。

冷たくて細さを感じられる手も大好きだが、何かに挑むかのように熱くなっているその手も好きなのだと気付く。つまり僕は星子ちゃんの全てが好きなのだ。


『それじゃ始めるぜ。【魔女の怪談話】始まり、始まり——』


あーちゃんの呑気《のんき》な声が響くと、辺りの風景がぼんやりする。

再び【魔女の怪談話】が始まった。

空気すら変化するこの体験は、二度目でも驚いてしまう。

隣で星子ちゃんが息を深く吸い込むのを聞いて、僕も深呼吸した。

これから『解決する』と言っていたけれど、どうするつもりなんだろう。

そう思ってその横顔を眺めつつ、僕は口を開いて提案することにした。

「一旦、今回の【魔女の怪談話】をまとめてみたよ」

「お！　ありがと！」

「こんな感じ」

僕はポケットを探ると、スマートフォンを取り出す。表示は圏外だが、ちゃんと機能している。どうやら身につけたものは持ち込めるようだ。

早速メモアプリを開いて、星子《せいこ》ちゃんに見せた。


一・Aくんは事故物件と言われる『ハッピーコーポ』に最近引っ越してきた。

二・飲み会から帰ってきて寝ていたら急に洗面所から水の流れる音がした。

三・行ってみたら蛇口からは髪の毛が。その後お風呂場では血のシャワーが出てきた。

四・部屋から『……けて』と声がしたので見てみたら女性の幽霊が現れた。

五・逃げようと玄関に行ったらドアも鍵も開かず、追い詰められた。おしまい。


「ふむふむ、なるほど、なるほどね。怪談ってざっくりまとめると怖くないよねぇ」

「だいたいのお話がそうなのかもね」

「ねっ！」

僕のスマートフォンから顔を上げた星子ちゃんは満面の笑みだった。

ああ、この顔を見るためなら僕はなんだってできるぞう。

その後、彼女はすんすんと鼻で息を吸ってみたり、交互に片目を閉じて辺りの風景を見回してみたり、両目を閉じて耳を上や下に傾けたりしていた。最後にお腹《なか》に手を当てて、口で深呼吸している。

「鼻で息を吸ったら、匂いも感じられる。目で色んなものが見えているし、音も聞こえていた。口で呼吸してみると、空気の味っぽいのも感じられる。視覚、聴覚、嗅覚、あと味覚。五感の中だと、触覚はキミの手しか感じられないけど、あるのは確かだもんね。つまりこの【魔女の怪談話】の中では、正常に五感も働いているということ」

既に星子ちゃんの分析は始まっていた。

普通、こんな不思議な状況になれば混乱しないためにも受け入れるしかない。人というのは異常に直面すると脳が安定させるために深く考えないようにしたりするらしい。

だけど、星子ちゃんは決してそれを自分に許さない。

不思議であればあるほど、より冷静に判断するようになる。

なんだか事件があるまでは頼りないけれど、事件に巻き込まれた途端に凄《すさ》まじい推理を見せる名探偵みたいな性格だった。

「この『ハッピーコーポ』という名前のアパート。今は別の名前になっているってオチだったけど、詳しく調べてみれば同じ建物はどこかにあるのかもしれない。事故物件を紹介してるサイトもあるから、照らし合わせてみたらワンチャンいけるかも。それに、この住宅街の街並みだって作り物っぽくないから実際にあるんだろうし。つまりこれは『実在する場所』を怪談話で再現しているわけで……でも、えーと」

星子《せいこ》ちゃんはそのまま、歩き出したAくんを見た。

その顔をまじまじと見つめている目は、Aくんに対する興味や関心があるわけではない。ありのままの顔を観察し情報として整理しているだけだ。そんな時の星子ちゃんの眼差《まなざ》しは怜悧《れいり》で鋭く、感情というものを見せない。普段は明るく朗らかにしているから勘違いしがちだが、星子ちゃんの目は元来ツリ目がちで鋭いのだ。

「でも、この怪談話がもし実話であったとしても、Aくんという人物もこの姿が完全に本物であるというわけではないはず……。ということは、この街並みもそのままじゃない可能性もあるわけか。あくまでこの【魔女の怪談話】はいわば『再現VTR』であって、実際に起きたシーンを見せてくれているわけではない可能性が高い。とすると、本当の部分と虚構をしっかり見極めないと情報が混乱してしまうし」

星子ちゃんは握っていない方の手を顎に当てて真剣に考え込んでいる。

これからこのAくんが神隠しに遭う物語を見るというのに、彼女が今考えているのは全く別のことなのだ。

「うーん、仮に全部作り話だった場合は？　そうなると、細かい部分がよくでき過ぎている気がする。だから全部ではなく一部は本当だと想定しないとだよね？」

だよね？　とか言われても「そ、そうだね」と言葉に詰まりながら返事するしかない。

僕は星子ちゃんほど真剣にも、天才的な閃《ひらめ》きや意外な視点からの深掘りでも考えたりできないからだ。

だけど、星子ちゃんは僕も当然分かっているみたいな雰囲気で話しかけてくる。

だから僕も精一杯頑張って、凡人なりに色々考えてみるしかないわけで。

「完全に作り話ではなく、さっき星子ちゃんが言ってた感じじゃないかな。『もし実話であったとしても』って。だから、やっぱりどこか本当にあった事件か何かの話を、あーちゃんが『怪談話』にアレンジしてできたもの、とか？」

当てずっぽうである。しかも星子ちゃんが言っていたことに乗っかっただけでもある。

だけど星子ちゃんは「やっぱそれだよね！」という顔でニッコリと笑ってくれた。

そして、ニコニコしながら僕の手を引いてアパートに向かう。

「うんうん、やっぱり一緒に考えるの楽しいねえ」

とてもご機嫌な様子は、これから恐怖体験をしにいくとはとても思えないものだった。

そもそもさっきの段階で、悲鳴をあげていたのは僕だけだった。

星子ちゃんはホラーゲームを配信している時もちゃんと『ぎゃっ！』とか『ひええ!?』と泣き叫んでいた気がするので、恐怖に耐性があるわけではないはずなんだけど。

「星子ちゃんさ、どうしてそんなに冷静に怖がらないで考察できてるの？」

「え？　冷静で格好《かっこ》いいって？　そうかな〜！　でへへ」

格好いいまで言ってないけど、実際とても素敵なので否定しないでおいた。

「さっき『幽霊さんを助けてあげよう』って言ってたけど、だから？」

「うん？　そうかな？　そうかも。それだ、たぶん」

僕の予想で星子《せいこ》ちゃん自身も理解したみたいに頷《うなず》きまくる。

「あたし、怪談話をもっと怖くするの好きでしょ？」

うん、それはもう大好きだ。スキあらばバシバシ突いてもっと怖くしようとするし。

「じゃあ幽霊さんにとって一番怖いのは何かって考えてみたの。自分が消えることとか、恨みを晴らせないこととか。他に何かなーって考えてみたんだけどね」

僕は「うん」と頷いて素直に聞き入る。まさか怪談話を聞いてから幽霊サイドが怖がることを考えてみるなんて、本当に星子ちゃんくらいしか想像できないだろう。

「一番怖いのは、存在を否定されること——じゃないかな？」

「……そんな幽霊なんていない、作り話で、誰も気に留めなくなるみたいな？」

「そうそう。だからせめて、あたしは本当にいるものとして解決したいんだよ」

幽霊が本当に怖がること、それは自分の存在を否定されること。

幽霊に限らず、怪談話に出てくる怪異たちはみんなそれが一番怖いのかもしれないな。

だからなるべく、怖くして人の心に残ろうとするのかもしれない。

この『一番怖いのは存在を否定されること』という言葉は、心に留《とど》めておこう。

そんな会話をしているうちに、僕たちはＡくんの部屋に入った。

星子ちゃんはそのまま、すぐにドアを振り向く。

「うん、やっぱり施錠してないなー。彼は鍵をかけないまま部屋に入って、そのまま布団に寝転がってスマートフォンを見ていたわけだ」

「でも、彼は幽霊に追い詰められている時は外に出られなかったよね？」

「鍵がかかっていたのではなく、何かで固定されていただけかもしれないね」

じーっとドアの鍵を見つめながら、星子ちゃんはそう呟《つぶや》いた。

そして、改めて洗面所を覗《のぞ》き込む。

右手のドアはトイレで、左手のすりガラス戸がお風呂、そして正面にあるのが洗面台。すりガラス戸は開いていて、お風呂場にはダンボールが三つほど積み上がっている。

「さっきシャワーが出た音が聞こえた時、このすりガラス戸は閉まっていたのに……。洗面台の蛇口のレバーも、完全に下だね。上げれば水が出るタイプ、と」

星子ちゃんはシャワーをよく眺めたり、洗面台の蛇口を調べたりしていた。

触ることはできないので、すっごい顔を近づけて見つめている。

「星子ちゃん、鏡……」

「うん？　あ！　あたしたちって映らないんだね！　さっきはそれどころじゃなくてよく見てなかったからなあ」

星子ちゃんは洗面台にある鏡に向けて手を振りまくるが、そこには彼女も僕も全く映し出されていなかった。この世界の住人ではない僕たちは、鏡が映すこともないのか。

「へー、なるほどねえ。で、こっちは……」

それから星子《せいこ》ちゃんはトイレの方を見る。

「失礼しまーす」

ドアをすり抜けようとして、ピタッとそこで止まった。

「お？　行けない？　当たり判定がある？」

「見えない壁ってこと？」

「あははっ、そんな感じっ」

星子ちゃんは通れないドアに手を当ててペタペタと調べてから、改めてAくんの方を見た。僕もその視線に合わせて彼の部屋を覗《のぞ》きこむ。

Aくんは寝転んでスマートフォンを見るところで、さっきからあんまり時間が進んでいないようだ。星子ちゃんも彼にはそんなに興味がないのか、改めてドアを見つめている。

「これはあくまで『怪談話』だから、実際とは異なる可能性も高いわけで……」

口元に指を当てながらぶつぶつと呟《つぶや》いている。

鋭い視線が細くなり、うーんと更に悩んでいた。

だから僕も辺りをキョロキョロと見回してみる。

何かひとつでも彼女の考察のプラスになる要素を見つけたい。

と、そこで気付けた。

部屋を見ると、Aくんの行動が止まっているのだ。

さっきから彼はずーっとスマートフォンを見たまま止まっている。星子《せいこ》ちゃんと僕が二人で確認していないと、彼は動き出さないようだ。

「もしかしたらだけど、僕たちが見ていないと時間が進まないみたいだよ、星子ちゃん」

「ほえ？」

星子ちゃんが抜けた声で顔を上げる。

そして僕の顔をまじまじと見てから、改めてAくんを見てみた。

すると彼は思い出したかのようにスマートフォンに手を当てて動き始める。


『ちょっとでも女子と仲良くなれるかと思って合コンに行ってみたけど……』


さっきの独り言が繰り返されていた。

一言一句、変化することはない。

そこで僕が視線を天井に向けると、彼の言葉が止まった。

「ね？」

「あ、ほんとだ。あたしたちが『カメラ』みたいなものだから、そのシーンを再生していない時は一時停止になるんだね」

　そして二人で同時に彼を見てみる。


『…………さっぱり会話も何もできなかった……』


　その続きを呟《つぶや》いた。

　僕は星子ちゃんと顔を見合わせて頷《うなず》く。

「ねえ、あたしが調べたい時にはちょっと違う所を見てもらっててもいいかなあ？」

「もちろんいいよ」

「あはー！　ありがとっ！」

　嬉《うれ》しそうに手をギュギュッと握ってくれる。僕はこんな安い行動でこんなに幸せをもらっていいのだろうか？　と真剣に考え始めてしまう。これは怖いお話のはずなのだが、一度見た怖い場面というのは、人間慣れてしまうのかもしれない。

「んじゃ、話を進めてもらいましょ」

　星子ちゃんに促されて、僕も彼を見た。

　さっきと同じことを呟いていた彼だったが、背後から聞こえた『ジャー』という音に反応する。音は洗面所の方からだ。さっきは誰もいなかったのを確認していたので、分かっていてもビクッとしてしまう。

Aくんが洗面所に辿《たど》り着《つ》いて、その蛇口から流れる大量の黒い髪の毛に驚いていた。

「ここでストップ！」

「う、うん！」

星子《せいこ》ちゃんの合図に合わせて、僕はすぐに別の場所を見ようと思い……。

せっかくだから、星子ちゃんの足元を見ていることにした。

全く違う方向を見ていても良かったのだが、目に彼女を留めておきたかったのだ。

純粋にずっと見ていたいという理由でもあるが、星子ちゃんにもしも何かあった時に、少しでもすぐに助けたいという意味もある。

それにしても、スカートから覗《のぞ》くふくらはぎの曲線が美しい。長い靴下なのか、それともタイツなのかは分からないが、黒い布地に包まれているその脚がダンスの時に楽しそうに跳ね回るのは、いつ見ても感動するのだ。

こうやって星子ちゃんの体の好きな箇所を改めて確認すると、心が落ち着くようになってしまっていた。だからこんな状況でも僕は落ち着いていられる。

「髪は、やっぱりただの髪っぽいなあ。黒い別の糸かもしれないって思ったんだけど、細さとか長さがいかにもそれっぽいし。顕微鏡でもあれば見分けがつくんだけど。この髪の毛をＤＮＡ鑑定とかできれば一番分かり易《やす》いのに。本当に死んだ誰かのＤＮＡと一致して、うわあ！　死人の髪の毛がこんな所にー！　って方が怖いはずだし？」

どうやら蛇口から出ている髪の毛が本物かどうか調べたいようだ。また怪談を科学的に検証して『もっと怖い話』にしたがっている。あれはもう星子ちゃんの癖みたいなものなので深く言及しないが、これがリアルだったら彼女は絶対に一本くらい持ち帰って調べているだろう。

「洗面所はこんなとこかな。今度は血が見たいからそこまで進めましょ」

血が見たいって言い方もどうかと思うけど。

この怪奇現象を完全に動画再生か何かのように思っている星子ちゃんだった。目に入った洗面所にある大量の髪の毛は、やっぱりとても不気味だったのに。

その直後にシャワーが流れる音にも、僕は今回もビクッとしてしまった。

「あー、出た出た！　血がいっぱい出たー！　はい、ストップ！」

しかし、血だってこんな軽いノリで出た出た言われたら残念だろうな。怖がらせるつもりだったのに『いっぱい出たー』ってノリで言われてしまうと。僕は僕で、やっぱり血を見たらびっくりしてしまうし怖い。しかも大量にとなればもう目の前真っ暗になるほどだ。

そこで、ストップと聞いた僕はすぐさま、シャワールームを覗き込む星子ちゃんの背中を眺めることにした。あくまで心を落ち着けるためであり、欲情しているわけではない。浴場だけに。おっと、まだ混乱しているようだな。しかし、はっきり言って星子ちゃんの肩は華奢《きゃしゃ》だ。か弱いと言っても過言ではない。星子《せいこ》ちゃんは全体的に細いので、その肩と背中のラインを見ているだけで『とても守ってあげたい』という気持ちになる。抱き締めたら壊れそうな背中、というのはこういうのを言うに違いない。うん、よし。後ろから抱き締めるなんて背徳的な思考をしているおかげでかなり落ち着いてきたぞ。

「血も、普通に血っぽいなあ。せめて見ただけで血液型が分かる！　とかだと楽なんだけど。Aくんが昔に悪いことした女の子の血液型と一致した！　みたいな話の方が怪談も怖くなると思うんだけどなあ。でも実際の血だったらこのシャワーヘッドもう使えないよね、水が出るとこ固まっちゃうだろうし。あ、そっか。もしこの場所が本当にあるんだったら、シャワーヘッドを見ればワンチャン……？　もしも本当に血がちょっとでも残ってたら、本当に怖いかもー！」

そして『もっと怖くする』のも忘れない。星子ちゃんにとって怪談話に科学的根拠を付け足すことでもっと怖くなるというのは基本なのかもしれない。

チラッとAくんを見てみると、その表情は恐怖に歪《ゆが》んでいた。

その横の星子ちゃんはとっても楽しそうに目を輝かせている。

他人の不幸を喜んでいるわけではないのだけど、その不謹慎っぽいミスマッチさはこの状況から恐怖を薄くしてくれていた。

しかし、ここからは違う。

『……けて……』


ちょっとシーンを進めると、その声は聞こえてきた。

地獄の底から湧き出て響いてきたかのようなか細い声。

それだけで今までの気楽さを忘れるくらいにゾクッと背筋が寒くなる。

彼がいた部屋の奥、窓の方の床からゆっくりと現れた幽霊と思わしき女性。その明らかに異質な存在は髪の毛や血のシャワーと違って、あまりにも非現実的だ。そんな彼女が発している声は、生理的な恐怖を覚えさせる。

「うーん？　なんかよく聞こえないんだよねえ」

でも、怖くなっているのは僕だけのようだった。

星子ちゃんは【魔女の怪談話】を聞いてから怖がっている様子がない。むしろ最初から楽しんでいる節まである。アトラクションやイマーシブシアターみたいなものと考えているからなのかもしれないが、それにしたって冷静過ぎる。

一緒にいる分には心強いからいいのだが、少しだけ怖がりな自分が悲しくなった。

そんな僕のトホホ感に気付いたのか気付いていないのか、星子ちゃんはくいくいっと僕の手を引っ張って耳元に顔を寄せてきた。彼女の吐息が耳の近くにかかるだけで怖さとか悲しさとかは「どうでもいいか！」という気持ちになる。

「キミにはなんて聞こえてる？　あたしには前半が曖昧で、ホニャ『けて』って聞こえているんだけど」

「僕もそうだよ。こういう時の定番はやっぱり『助けて』なんじゃないかな？」

「まあ、ホニャけて、だったら『助けて』が普通だよねえ。でも、助けてほしい相手を殺しちゃったら助かんないじゃん？」

それはそうなのだが、それを言ってしまったら身も蓋もないのではないだろうか。

さっき僕は『定番』と言ったが、怪談話だとこの手の幽霊女性は『助けて……』みたいな言葉を囁《ささや》く傾向があるわけで。

「地獄にいるから、一緒に来てほしい……一緒に苦しんで『助けて』とか？」

「ロマンチックでいいね。あたしがそういう場所にいたら、キミは助けてくれる？」

「もちろん!!」

「わっ、食い気味に言われたっ」

「星子《せいこ》ちゃんが助けを求めていたら、僕はどんなことをしてでも絶対に助けるね。それが命の危険なら当たり前だし、宇宙の果てに飛ばされていたとしてもすぐに駆けつける自信がある。あとは背中の手が届かないトコが痒《かゆ》いから助けてとか、お弁当の中に星子ちゃんが食べられない唐辛子が入ってたから助けて、とかでも僕がバクバク食べまくるしっ」

「助けるレベルが小さいのから大きいのまであるな～！　うへへっ」

「ちょっとメンタル弱ってるから助けて、とかでも助けまくるね！」

「うん、ありがと。いつも助かってるよ」

星子ちゃんは若干引き気味だけど感謝してくれた。

だけど感謝がほしいから助けるわけではなく、僕は僕のわがままで助けたいだけだ。

とかなんとか言っているうちに、視線は外さなかったせいでAくんが幽霊少女に迫られて死にそうになっていた。玄関のドアは開かないし、鍵も全く動かないのも一回目と同じ状況だ。つまり、このままだとブラックアウトして元のレストランに戻るのだろう。

「よし、ここまでっ」

星子ちゃんはそのままクルッとドアとAくんたちに背を向けて、ゆっくりと部屋の方へと歩き出した。これにより、Aくんが襲われる直前でストップし、僕と星子ちゃんが会話するだけの時間が生まれる。

「仮に、Aくんが実はこの後に殺されてから行方不明になったんだとすると、死の痕跡がどっかしらに残っていたと思うんだよね。たとえば絞殺だったりすると、彼の口からこぼれた唾液とかが玄関に落ちていてもおかしくない。でもそういう怪談話になっていないということは、たぶん違ったんだろうなあ。この直前はとても絶望的な顔だったよね？　だとしたら心筋梗塞……俗に言う心臓麻痺《まひ》かも。あれってすっごい苦しいらしいからね。もしも最後のシーンで少しでも胸を掻《か》きむしるようなポーズをとっていたりしたら、よりそれっぽくて怖いはず」

仮にとはいえ、Ａくんが殺された後に行方不明になったと仮定して考える辺り、いかにも星子《せいこ》ちゃんだ。つまり彼はいなくなったのではなく、死体遺棄されて見つかっていないという説。現代社会においては何割かの行方不明がそれだという話も聞いたことがある。

「血だらけの手で、Ａくんの顔に触れ、自分の顔を近付けた辺りで終わりだったから、Ａくんが胸を掻きむしっていたりはしなかったと思うよ」

「だよねえ。なんで顔を近付けたんだろ？　食べようとした？　もしかしてキスでもしようとしたのかな？　だったらロマンチックなんだけどね。Ａくんに『助けて』って言ってた理由も、愛ゆえにーみたいな？」

星子ちゃんは僕の手をギュッギュッと握って振る。

愛ゆえに、の辺りでそんな行動されると勘違いしそうになるんだけど。

残念ながら彼女の気持ちが恋愛ではなかったとしても、まあ、普通に心を許されるくらいに好かれているのだと思えば、これはこれで良しとしよう。

「というわけで――」

星子ちゃんはピッと人差し指を立てる。

「推察その一。これは普通に殺人事件だった説！」

きっぱりと断言する。

僕が不思議そうな顔をしていると、星子ちゃんは得意げな笑みを浮かべた。

「Aくんは部屋に入ってすぐに布団に向かってスマートフォンを見ていたでしょう？　あたしたちもそんな彼の方ばかり見ていたけど……実は、その時こっそりと『犯人』が部屋に入ってきていたのかもしれない」

『犯人』。この場合、Aくんを殺害した人物のことを言うのだろう。

つまり、あの長い髪の女性のことだ。

「『犯人』は静かにこっそり入って、まずは鍵に細工をする。鍵穴に粘土詰めるとかでもいいかも。とにかく、鍵もドアも開かないような仕掛けをする感じ。それから、洗面所とお風呂に仕掛けをした。たとえば、髪を事前に集めておいて、洗面所の蛇口に詰まらせる。シャワーは、シャワーヘッドを外して、ホースの部分に血糊《ちのり》をぎゅうぎゅうに詰まらせておくとかね」

洗面所を覗《のぞ》き込み、それぞれの場所を指で示して説明してくれる。

「シャワーと蛇口になんらかの時間差で動く細工をしておけばベストだよね。それこそぎゅうぎゅうに詰めて塞げば、栓を開けてもすぐには水が出ないし。その一瞬だけあればいいわけだから、後はこっそりトイレにでも隠れておけばいい。洗面台からジャー！　って大きい音がしているから、トイレのドアをこっそり閉めれば音で気付かれない可能性が高いもんね。この時、お風呂場のすりガラス戸を閉めておけば、あたしたちが見た『開いていたはずの戸が閉じていた』も解決できるってわけ」

そしてトイレを見て、隠れるような仕草をした。こっそりドアの隙間から覗《のぞ》こうとしていような仕草は、ちょっとコミカルさもある。

「んで、Aくんがシャワーを見てギャアアッてお風呂場で叫んでいるスキにトイレから出る。シャワーに釘付《くぎづ》けになっている間に部屋に向かって、明かりを消せば怖い感じになるでしょ？　後はダンボールばっかりで隠れる所が多い部屋の奥に移動して、何かそれっぽいことを言いながら現れるだけ。それでAくんは大混乱。玄関は閉じておいたからすぐには開けられないし、そこを追い詰めてキュッと殺して、はい、おしまい。みたいな」

星子《せいこ》ちゃんの推理は聞く人が聞けばガバガバなのかもしれないけれど、これはあくまで推察だからそれでいいのだろう。可能性を重ねることで思考を深める段階なので、的外れでもいいのだ。そもそも、実際問題きちんと解決できるものでもないし。

そんなことより、『はい、おしまい』の辺りで星子ちゃんは片手で僕の首を撫《な》でた。

ちょっと熱っぽい手が喉に触れると、こんな時なのに僕はドキドキする。星子ちゃんはあくまで優しく撫でただけだと言うのに、僕はこのまま星子ちゃんに殺されるのも『アリ』かもと思ってしまった。

人間、本当に好きな人にならら殺されても嬉《うれ》しいのかもしれないな。

「理由は、うーん……痴情のもつれかなあ。こういう殺人事件が実際にあって、だから『ハッピーコーポ』は事故物件になっちゃった。そんな事件の時系列を逆にして、怖い『怪談話』として作り直した……とかはどう？」

星子ちゃんが虚空に向けて話しかけると、パチパチと拍手がどこからともなく響く。

『いやはや、そういう話も面白いね。実は殺人事件だった！　っていうのはいい線だぜ、さすがは駆け出しオカルト系アイドル！』

「その言い方だと、あたし自身がオカルトの何かみたいになっちゃうなあ。もっと明るく可愛《かわい》いアイドルを目指しているのに～」

不服そうな言葉なのに顔はデレデレして嬉しそうだった。

オカルト大好きなせいで、オカルトジャンルになれたらそれはそれで嬉しいのだろう。

天から届くあーちゃんの声も絶賛しているようだし、良い線いっていたのかもしれない。

『いやあ、素晴らしいよ星子ちゃん！　魔女としても、自分の怪談話をここまで掘り下げてもらえるのは嬉しいものだ』

「そう？　あたしも楽しいよ！」

『わははは！　推察一ってことは、二も三もあるんだろ？』

「うん、もうひとつあるね。三つ目はまだ曖昧だけど」

『ほほう？　じゃあ二つ目は？』

あーちゃんの声音に別の色が混ざった。

どういう感情だろう。興味や関心だけでなく、期待と不安……そんな感じだ。

つまり、彼女はこの怪談話を解き明かしてほしがっている……？


「推察その二。これはガチのオカルト事件だった説！」


手はピースの形で、さり気なくウィンクまでして言う。

そのウィンクを見て、ファンでもある僕は死にそうになった。

星子《せいこ》ちゃんの不意打ウィンクはとても素晴らしい破壊力的小宇宙だった。

「『幽霊』はもともとこの部屋で死んだ女性だった。たとえば監禁されてひどい目に遭っていた人とか、ね。長く続く暴力で、髪は顔を洗う度に抜け落ちて、体の傷から流れる血はシャワーで流していたみたいな」

それを語る星子ちゃんは、さっきまでと違って目を細めていた。

可哀想《かわいそう》な目に遭った人物を想定しているのだろう。

星子ちゃんの同情心めいたものを声にも感じる。

「そのまま、彼女は死んでしまった。誰も助けてくれないまま。だから、この部屋に住んだ人に助けを求めてしまう……。ずっと閉じ込められていたからこそ、ずっとこの部屋で一緒にいてくれる人、助けてくれる人を求めて……みたいな？」

それはとても『怪談話』として成立している。

もう死んでいる彼女は、自分と一緒になってくれる人を求めて殺してしまう。

だけど救われることはなく、また次の犠牲者を生み出す……。

そうして呪われた部屋になっていくというのは怪談話ではありそうな気がした。

「寂しかったり辛《つら》かったりする時に、ずっと誰かに一緒にいてほしいっていうのは……、その気持ちはよく分かるかな～」

星子ちゃんは目を閉じて、僕の手を強く握った。

彼女が寂しい時、辛い時。

せめて一緒にいられるようでありたい。

僕は改めて、強くそう思う。

『なるほどなるほど。第二の推察は完全にお化けサイドなわけね』

「幽霊が自分に気付いてほしいから、抜け落ちた髪や洗い流した血を幻のように見せることでアピールしたって路線ね」

『星子ちゃんは現実的な考えも、オカルト的な考えもできてすごいなあ』

「えへへ、褒めても歌と踊りしか出ないよっ」

「よしあーちゃん、もっと褒め称《ほたた》えるんだ！」

『おっと、イケメンくんがノリノリになっちまった』

歌と踊りが出るなんてなんて素晴らしいんだ！　僕が褒めてももう当たり前になってしまっているわけだが、あーちゃんという魔女のファンが褒めまくれば色々やってくれると言うのならば、僕はあーちゃんに貢いでもいい。

しかし、そんな乗り気な僕も頭の片隅では『実際は推察その二が正解なんじゃないかな？』と思っていた。

さっきの推察その一は色んなトリックが必要だし、そもそも玄関の鍵が開いていることを知ってないとできない計画的犯行だ。その後に殺害して死体遺棄して行方不明を狙うには、物証が残り過ぎる。髪も血も仕掛けたものだとすればなおさらだ。

明らかに今回の怪談は超常現象で済ませた方が分かり易《やす》い。

『いやはや、ありがとう星子《せいこ》ちゃん。実際の事件が「怪談話」になったパターンと、実際に「幽霊」がいて、それが「怪談話」になったパターンを考えてくれたわけだ』

「うん。でも後者のパターンはちょっと違うかなー？　と思ってて」

『あれ？　そうなのかい？』

「そもそも幽霊ってどうやって人殺しするんだろう？　ってのがあって。だいたい、死んじゃってる話だと直接の死因が不明だったりするでしょ？　今のあたしたちもこの世界では幽霊みたいなものだからね。この状態でAくんを頑張って殺しましょう！　って言われても、触ったり干渉できないんだからどうしようもないし」

『確かに、今のお前さんたちはできないな。でも、幽霊パワーが上がると干渉できるようになるのかもだぜ？』

「わっ！　面白そう、幽霊パワー！」

『そうそう。第二の推測みたいに非業の死を遂げた人間なら、恨みパワーとか絶望パワーでスーパー悪霊になるかもしれないじゃないか』

「あー」

その提案に、星子ちゃんは言葉を濁した。

表情もちょっと言いづらいことを言うような雰囲気になっている。

『どうしたよ？』

「あたし、人間の想《おも》いの力とかって大したことないと思ってて。誰かに殺されたから、復《ふく》讐《しゅう》したい〜みたいな人がみんな悪霊になって大暴れできるんだったら、今頃色んな事件の被害者たちは全員すっごい悪霊の神々になってるはずでしょ？」

『ほほう？　どんなに酷《ひど》い目に遭ったとしてもか？』

「それってそれぞれの考え方の違いだと思うし。じゃあ、酷い死に方をしたのに悪霊にならなかった場合、それって『悪霊にならないくらいなら大したことない』ってことになるでしょ？　そんなことないと思ってて。誰かと比べて誰かの方が辛《つら》いとか、そういうマウントの取り合いが苦手なんだよねぇ～」

星子《せいこ》ちゃんは眉を下げて申し訳なさそうに言った。

すごい恨みが悪霊を生む。

それは世界中で古くから言われているものだ。

だが、星子ちゃんはそれを認めていない。

人の想《おも》いは大したことないと言い切るその姿は、それでも堂々としていた。

『なるほどなるほど。いいと思うぜ、その思想。ってことは、星子ちゃんの言う「解決」っていうのは「実際にあった事件だった説」を暴くことかい？』

「そうかな？　確かにそれだと、この住所をネットで特定して、似たような『怪談の元になった事件』を探して、当てはめていけばいいだけだもんね。で、そこからちゃんと推理しまくる。探偵ごっこが始まるわけだ。……でもなあ～」

そうは言うものの、星子ちゃんは「うーん」と唸《うな》っている。

どうやら彼女の中でそれは『解決』になっていないようだ。

第一の推察は『殺人事件』。

第二の推察は『幽霊事件』。

そして三つ目はまだ曖昧と言ってたっけ。

「星子ちゃんの、第三の推察はどういうものなの？」

だから僕は尋ねてみた。曖昧なものが頭に残っているから、なんとなく腑《ふ》に落ちないのかもしれない。だったら、それを聞いてみようと思ったのだ。

彼女は自信なさそうにこくりと頷《うなず》いて、視線を下に落とす。

「これは本当に閃《ひらめ》き程度のものだから、キミに一緒に考えてほしいんだけどね」

「うん」

「彼女の言葉が『助けて』じゃなかった場合、なんだろう？」

僕も星子ちゃんも『〜けて』としか聞こえていなかった。だから二つ目のは『助けてほしい幽霊』という観点で生まれた推察だったわけで。

もしもそうじゃなく、全く別の言葉だったら？

とはいえ『〜けて』なんて言葉は他に何があるだろう。

「『しらけて』とか『ばらけて』とか『ボケて』とかしか浮かばないんだよね」

「それは星子ちゃんがエンタメに走り過ぎている弊害だね」

配信者としては正しい姿勢なのかもしれないけれど、特に『ボケて』って幽霊が言うのは面白過ぎる。あの状況でそんなこと言われたらAくんだって絶望するだろう。

もっと単純に考えていく必要がありそうだ。

「一文字で考えてみるとかは？」

「『避《さ》けて』とか『避《よ》けて』とか『逃げて』とか？」

「ドアから出たいのに前にいたから邪魔で殺しちゃったみたいな？」

「そうそう」

それもどうなんだろう。幽霊的には一理あったりするんだろうか？

『外に出ようとしたら目の前にいたので呪い殺しちゃいました♪　死体が残るのが嫌なので神隠ししちゃいました♡』

みたいなノリだったら、嫌だなあ。

そんなのはもう事故なので、まさに事故物件の怪談になるわけだけど。

しかし、こうして考えていても混乱するばかりだ。ここはとりあえず一言決めてから、それを深く考察してみるに限る。

総当たりでいくとしよう。まずは『あ』から一文字で当てはめてみる。

「『開けて』とか？」

僕が思い付きで口にすると、星子《せいこ》ちゃんは目を大きく見開いてから、顎に手を当てて考え込み始めた。

「開けて……開けて、かあ。あたしそっち方面だと『開いて』で考えちゃってた」

「開く方向だと何か浮かぶことでもあったの？」

「うん」

どうやら星子ちゃんの中で何か浮かんでいたものが合致したようだ。

僕としては完全に当てずっぽうだったので、せめてもう少し考えてみることにした。

「たとえば、ほら。玄関のドアが開かなくなってたでしょ？　彼女的にはドアを開けてほしいのに、彼が開けなかったから呪っちゃった、みたいな。実はさっきの状況で、ドアを開けてくれる人を待ってる幽霊だったとか……？」

言っててちょっと無理があるかな？　と思う。そもそもドアは開いていたのに、彼女が現れたことで開かなくなったのだから。なので、僕の推察はやっぱり穴だらけである。

だけど、星子ちゃんの考え込んでいた目に、強い光が宿っていた。

あれは、何かが浮かんだ時の目だ。

「ありがとう。三つ目はその路線でいってみる」

星子ちゃんは……挑むような目になった。

その鋭い視線は天井に向けられる。

そう。

まるであーちゃん、『魔女』に挑戦するかのように。


「推察、その三」

星子《せいこ》ちゃんは指を三つ立て。

「あそこにはまだ、誰かが閉じ込められたままである説」


『っ！』

星子ちゃんの言葉に、あーちゃんが息を呑《の》むのが聞こえた。

僕は突然そんなことを言い出した星子ちゃんを見つめる。

彼女は何かを決意したような、それでいてどこか迷いのある顔をしていた。

『話してみてくれよ』

「うん、もしも彼の言う通り『開けて』だった場合だけど。普通に考えればさっき話してくれたみたいに、閉じられたドアのことだと考えると思うんだよね」

Aくんが開けようとしたけど、鍵が全く動かなかったドア。それに向けて『開けて』と言うのは確かに自然なのかもしれない。

「だけど彼女は別の何かを開けてもらいたくて、Aくんに懇願していたとしたら。そう、たとえばだけど、あの幽霊は床から現れたよね？　彼女はあの床の下に閉じ込められていて、そこから救い出してくれる人を探していたんだ」

星子ちゃんは妙にきっぱりと断言するように告げた。

それに対して、あーちゃんの返事はない。

ただ……頭の中の、彼女の声が聞こえていた部分で何かが揺れているような気がした。

それは動揺なのか、呆然《ぼうぜん》なのか、それとも恐怖なのか。

「今回のお話は『事故物件』と『神隠し』のお話でしょ？　ということは——あのアパートでは、なんらかの『事故』があり、そして『神隠し』の事件があった。つまりあの『ハッピーコーポ』が事故物件になる前に……誰か女性があの場所で行方不明になっているんじゃない？」

確信めいた言い回しは、あーちゃんを追い詰めるかのような迫力があった。

第三の推察。

それは、もしかして……。

「『事故物件』って割には、新しくてこじゃれたアパートだったもんね。新築と言ってもいいくらい。ということは、少し前は工事現場だったはず。その工事の時にもしかしたら

『神隠し』のように消えてしまった女性がいるんじゃないかな？」

星子《せいこ》ちゃんの推察は、つまりこうだ。

あの『ハッピーコーポ』が建つ前の工事期間。

そこで女性が一人行方不明になった。

その女性は工事現場に埋められて、その上に『ハッピーコーポ』が建ったのだ、と。

そして。

「その女性は幽霊になって、今も『開けて』もらおうとしているんじゃないかな。たとえば、怪談話をする魔女になることで、事実に気付いてもらいたいとか」

星子ちゃんは天井を睨《にら》みつけるようにして言い放つ。

『ふ……』

あーちゃんの吐息が頭の中に響き渡り。

『ふははははは!!　これは、これはびっくりだ星子ちゃん！　その三つ目の推察は、とっても、とってもイカしてるぜ!!』

激しい爆笑と共に激しい感情が流れてきた。

ぐちゃぐちゃとした赤黒いような色んな気持ち。

不安、心配、苦悩、恐慌、憤懣《ふんまん》、焦燥、消沈、未練、諦観、無念、慟哭《どうこく》、怨念、懺悔《ざんげ》、悔悟、絶望……。

僕が考えられる以上の激しい様々な負の感情が溢《あふ》れていく。


不意に、シーンが切り替わった。


『ハッピーコーポ』が建設される前の同じ場所。

時間も、同じく真夜中。

そこに一台の黒い車……バンタイプの車がやってきた。

車から降りた男は人の大きさくらいの何かが包《くる》まれた袋を荷台から引きずり出す。その袋は、開け口がガムテープで補強されていた。絶対にそれを『開けられたくない』という強固な意志でもあるかのように。

そして彼は、まだ建設前の工事中だった場所まで持っていくと……。

大袋を土の中に埋めたのだ。

人が一人包まれているかのようなそれが、土に隠れていく。

ちょうどその位置は……。

『ハッピーコーポ』が建設された後、一階二号室の真下になる辺り。

『これは別の話になるんだが』

そんな様子を見せられて呆然《ぼうぜん》としている僕たちの頭に、あーちゃんの声が響いた。

『ある父子家庭の父親が、酒に酔った勢いで娘を殺してしまったんだ。娘が父親の飲み過ぎを注意して酒を隠した、そんな些細《ささい》な原因による喧嘩《けんか》だったよ。ビール瓶で殴られた娘は、呆気《あっけ》なく倒れた。殴った父親だって驚いたくらいさ。だがそいつはビビって娘の死体を隠すことにしたんだ。自分が働いていた工事現場に、こっそり埋めちまうことでな』

語るあーちゃんの声は平坦《へいたん》だった。

あまりに静かだからこそ、それが……事実だったのだと痛感させられる。

『工事用のでかいゴミ袋があるんだ。かなり強い作りになっていて、工事中の色んなゴミを捨てるためにある袋なんだが……父親はそれに娘の亡骸《なきがら》を入れると、絶対に開けられないよう封をした。そして開け口の所にガムテープをがむしゃらに巻いて、とにかく中身がバレないよう細工した。誰かに見られたくないというのもあったが、自分も中身を見たくない意識もあったんじゃないかな。こうして〝開けられない〟死体袋が完成した』

幽霊が言っていた言葉が『開けて』だとすると、まさか……。

僕はとても嫌な予感に震える。

『工事の時のゴミ袋は、ちょいちょいそのまま埋めてコンクリートで固めちまうこともあるらしい。もちろん悪いことだが、たまにそういう輩《やから》がいるわけで。その父親もそういう側の人間だった。だから今回も特に違和感は持たれないまま、他のゴミ袋と同様に埋められちまったのさ。その後……いなくなった娘は家出したことにされて、工事は彼女の死体が埋まっているまま進んだよ。その父親が、その場所ではそこそこ偉い立場だったってのもある。彼は全く疑われることなく……やがて「ハッピーコーポ」が完成した後、遠くに引っ越した。自分がやらかした全部から逃げるためにな。だが……実は』

あーちゃんは声のトーンを更に下げる。

それこそ、どこからそんな声が出ているのか分からないくらい、地獄のように低い声で。まるで、地の底から響き出したかのように。

『実は、娘は生きていたんだ。埋められた後、少しの間だけ生きていたんだ。だから目を覚ました。だが、その袋は決して〝開けられない〟状態だった。ただでさえ内側から開けるのは至難の業だ。その上、ガムテープで補強までしてある。殴られた頭の傷も痛み、意識は混濁していた。だが、確かに生きていたんだ。土の中、決して開けられない袋の中で、僅かな時間だけでもはっきりと、な』

あーちゃんの声の重厚さに星子《せいこ》ちゃんの手が震えていた。

僕はその手にもう片方の手も添える。彼女を安心させるためでもあったが、自分自身の気持ちを落ち着かせるためでもあった。

『その娘さんは最期の力で叫んだよ。「開けて、開けて、お父さん！　お願いだから、ここを開けて！」って。だがその時はもう土の下だ。その声は決して届くことはなく……やがて頭部の出血により意識を失い、そのまま窒息死した。強いて言えば幸いだったのは、完全に意識がないまま死んだから、窒息の苦しさを味わわずに済んだことくらいさ。もっとも、父親が病院に運んでいれば、生きていたかもしれないんだがな。……はぁ……』

やれやれ、とため息を吐《つ》くあーちゃん。

星子《せいこ》ちゃんが僕の手を強く強く握り返したので、彼女の顔を見てみる。

そこには唇を強く強く噛《か》み締《し》めて頬《ほお》を赤く染めた、感情の噴出を我慢している星子ちゃんがいた。泣きたいような、怒りたいような、あーちゃんを元気付けたいような。

あまりに複雑で、感情的で、人間らしい、とても美しい表情だ。

『ふふっ、いやあ、見事、見事！　さすがはオカルト大好き配信者アイドルの星子ちゃんだ！　ブラボー！　三つの推察、どれも楽しかったぜ！』

あーちゃんの声が響き渡り。

辺りの風景がぐにゃり、と歪《ゆが》んだ。

「待ってくれ！　あーちゃんが、その娘さんなのか⁉」

僕が尋ねた声は、歪んでいく空間の中に溶け込んでしまう。

さっきの声音や流れてきた強い感情。

そして、最期の言葉を知っていたことから、彼女こそがその娘さんだと思う。

そんな僕の声が届いたのか、それとも全く聞いていなかったのか。

あーちゃんから最後に届いた返事は、なかなか彼女らしい食えないものだった。

『じゃあな！　また会おうぜ、イケメンくんと星子ちゃん！』

そのまま色々な情念やら感覚やら気持ちやらがぐちゃぐちゃに混ぜられた嵐のようなものが僕の頭の中にぐるぐると渦巻いていき――。

気が付くと、僕たちはさっきのファミリーレストランにいた。

どうやら【魔女の怪談話】は終了したようだ。

「あーちゃん？」

星子ちゃんが恐る恐る声を上げる。

彼女の横に、あーちゃんの姿がなかったからだ。

ポテトは食べ尽くされて、ドリンクもなくなっている。

僕たちは、それだけで色々察した。

おそらく『あーちゃん』なんて魔女はいなかったんだろう。

彼女は……閉じ込められた娘さんが、助けてほしくて現れた姿だったのかもしれない。

「さっきの風景の場所、ネットで調べてみようっ！」

「う、うん」

僕はすぐにスマートフォンを取り出したけれど、星子《せいこ》ちゃんは心配そうに辺りをキョロキョロと見回しているだけだった。

まだ、あーちゃんはどこかに隠れているだけで、ひょっこり現れるんじゃないか？

そんな期待をしているのかもしれない。

僕はそんな星子ちゃんの震える手を離せないままでいた。

片手だけではなかなか上手《うま》く開かないけれど、彼女の手を離す気にもならない。

なんとか苦心してロックを解除すると。

ニュースがポップアップで通知されていた。

星子ちゃんが喜ぶよう、ちょっとオカルトチックな事件のニュースがあると通知されるようにしていたからだ。

その最新のニュース。

そこには、こんな見出しがあった。

『東京都○○区△△町のアパートの一階の床下から少女の白骨死体が⁉』

「え、これ、星子ちゃん！」

あまりにタイムリーな記事に驚いて、僕は急いで星子ちゃんに見せる。

ニュースの内容は、三年前に建てられたアパートの一階の床が突然抜け落ち、その下、割れたコンクリートの下から袋に包《くる》まれた少女の白骨死体が見つかったというもの。現在詳細は不明だが、当時行方不明になった少女のものだとみて捜査している、と。

そのニュースにある写真は、僕たちが見た『ハッピーコーポ』そのものだった。

僕と星子ちゃんは目を見合わせて。

『はあああああ』と同時に深い溜息《ためいき》を吐《つ》く。

「【魔女の怪談話】かあ。それにしては妙に、語りに思い入れがあると思ったんだよね。ディテールが細かいのも当然だったのかも」

「僕は幽霊の女の子にポテトとドリンクバーを奢《おご》ったんだなあ」

僕は、なんかちょっと悲しい気持ちで呟《つぶや》く。

星子ちゃんはそんな僕に静かな笑みを浮かべて……。

「あーちゃんの髪の毛とか残ってないかな？　あ、彼女が触っていたこのテーブルとかドリンクバーのグラスに指紋があったりして！　それが白骨死体の女の子と何か一致したら、もっと怖い話になるよね!?」

と、目を輝かせて言い出した。

星子《せいこ》ちゃんはこんな時でもやっぱり星子ちゃんなのだ。

たとえそれが、僕を元気づけるためのものだったとしても。

目にちょっぴり溜《た》まっている涙に気付かせないように笑みを浮かべていることも尊い。

「星子ちゃん、インターネット通販で指紋採取キットが売ってるみたいだから、せっかくだし買ってあげようか？」

「ほんとにぃ!?　ありがとう！　一生大事にするね！」

「いや、普通に使おうよ！」

「あははは、そりゃそうだね！」

そんな明るい話題で笑い飛ばしつつ。

僕と星子ちゃんは握ったままの手に力を込めて。

内心では、少女の冥福を祈るのだった。

『アパートの床下から白骨死体。三年前に行方不明になった少女のものか？』

東京都○○区のアパートの床下から発見された身元不明の白骨化した遺体を、アパートの大家が発見。真上の部屋は空き部屋だった。

死後、少なくとも三年は経過しているとみられている。

現在歯の治療痕やＤＮＡから身元の確認を進めているが、三年前に行方不明になった十代の少女のものではないかとみられている。

頭部に死因とみられる鈍器のようなもので殴打された形跡があった。

遺体が発見されたのはアパートの床下、その下の地面であったため、建築時に埋められたものがなんらかの原因で出てきたものとしている。

■挿話・ファミリーレストランではしゃぐ星子《せいこ》ちゃん

「とまあ、こんな感じのオチなわけよ！　ガハハ！」


少女が下品な笑いと共に、僕たちのテーブルに帰ってきた。完全にしんみりしていた僕たちをよそに、ドカッと星子ちゃんの隣に座る。

白い髪、幼い体つき、得意げな眼差《まなざ》し、ニヤリとした口元。

何もかもがさっきまで話していた魔女『あーちゃん』だった。


『えー!?』


思わず二人で叫んでしまう。

「あのタイミングでトイレに行っておけば、絶対勘違いしてくれると信じてたぜ！　わははははは！　残念！　私は生きている正真正銘の魔女でした！」

あーちゃんは全く悪びれることもなくゲラゲラ笑っていた。

そう。

魔女のフリをして化けて出ていた少女の幽霊なんていなかったのだ。

ここにいるのは、正真正銘、性格の悪い魔女そのものである。

「あーん、良かったよー！　あーちゃんが死んでる子で、もう二度と会えないのかと思ったもんー！　良かったぁー！」

星子ちゃんは感極まったのか、泣いてあーちゃんに抱き着いた。

流石《さすが》にそれには罪悪感を刺激されたのか、あーちゃんは戸惑っている。

美少女の泣き声は、涙腺に響く。

うっかり僕ももらい泣きしそうになったが、当のあーちゃんはイタズラで僕たちが悲しむのをゲラゲラ笑っていたヤツであることを思い出してグッと堪《こら》えた。

「いやあ、うん。ここまでストレートに喜ばれると、申し訳ない気分になる。ごめん」

「いいのいいの！　生きてて友達のまま元気ならそれで！」

あーちゃんの白い頬《ほお》にすりすりと頬を寄せている星子ちゃんは、ガチ泣きしていた。

僕は持っていたスマートフォンを取り出すと、そのまま二人に向ける。

バシャリ。

撮影音が鳴った瞬間には、二人ともキメ顔でいい感じに可愛《かわい》く写真に映っていた。

星子ちゃんはプロだなあ。あーちゃんも咄嗟《とっさ》に表情とポーズを作るとは、才能ある。

僕は『星子《せいこ》ちゃん待ち受けフォルダ』に保存すると、スマートフォンをしまう。

「しかし、二人とも才能あると思っていたけれど、正直な話、本当にバッチリだとは思ってなかったよ。星子ちゃんと、イケメンくんのおかげだな」

あーちゃんはドリンクバーでオレンジジュースを持ってくると、感心したように僕たちを見て手を叩《たた》いていた。ぱちぱちと乾いた音がファミリーレストランに響き渡るが、そんなことよりも詳しい説明がほしい僕たちだ。

「すごかったね【魔女の怪談話】！　現実とリンクしてるのもビックリしたし！」

「【魔女の怪談話】の一番のウリはやっぱり、普通は聞いただけで終わってしまう『怪談話』を、体験することで『解明』したり『解決』できるってトコだからな」

「うん！　すっごい楽しかった！　……って不謹慎かもだけど、あたしは本気を出せたー！　みたいな気持ちで本当にエキサイティングしたよ！」

「そうだろうそうだろう。浮かばれない幽霊なんてもんは、エンタメちっくに楽しんで解決してもらった方が喜ぶもんさ。たぶんだけどな?」

ニヤニヤ笑っているあーちゃんは、いかにも魔女っぽいことを話している。

怪談話を体験できるとか、しかも解決できちゃうとか、本当に魔法だよな。

そんなものが現実にあったことにも驚きだが、星子ちゃんの順応っぷりもすごい。

「この怪談話は実際にあった事件をモチーフに作られている。星子ちゃんが言っていた

『再現ＶＴＲ』ってのがまさにピッタリだな。真実と虚構を混ぜることで、隠された真相に辿《たど》り着《つ》く者を待っている……という呪いの儀式魔法みたいなものさ」

「才能って言ってたけど、星子《せいこ》ちゃんと僕にどんな才能が？」

「まさに真相に辿り着く才能さ。こいつはなかなか難しくてね。まずエンタメを理解していないといけない。探偵もの大好きで推理ガチ勢とかだと上手《うま》くいかないんだよ。あくまで『怪談話』としてのディテールを楽しみつつ、曖昧な部分にエグいツッコミを入れないヤツが必要なのさ」

星子ちゃんは名探偵みたいに色々推理していた。

だけど、それはよくある推理ものの主人公のように、全ての謎を知識で埋め尽くしたものではない。『謎は全て解けた』という名言では【魔女の怪談話】を解き明かすことはできないようだ。もっと演出を強め、敢《あ》えてフィクション性を高め、その登場人物のように立ち振る舞うスター性が必要ということなのかもしれない。

だからこそ『オカルト好きな配信者アイドル』くらいが丁度いい。

あくまでエンターテイメントとして理解しながらも、オカルトに対しては真摯に思考し、そして柔軟性を持った様々な解答を出せる人物でなければいけない。

そういう意味ではまさに才能なのか。

可愛《かわい》いだけじゃなく、こんな才能まであるなんて。星子ちゃんはさすが過ぎる。

「イケメンくんは星子ちゃんを尊敬の目で見てるけど、この【魔女の怪談話】を上手く解決するには、お前さんがいないといけないんだぜ？」

「え？　そうなの？　もうすっかり星子ちゃんの新たな才能として、千の推し要素に追加するところだったんだけど」

「え！　千もあるのあたし!?　あ、いや！　これから千埋めるつもりの数だなそれ！」

さすが星子ちゃん、やっぱり鋭い。

「こいつは二人組じゃないといけないんだよ。一人で【魔女の怪談話】に入ると、この世界との繋《つな》がりを失って物語の中に閉じ込められちまうんだよ」

閉じ込められると聞いて、今更ながらちょっと不安でちょっと寒くなってきた。

あの世界は現実のように全てを感じた。

だからこそ、あそこが本物だと思い込んだらここに戻って来られないかもしれないのか。

「閉じ込められるとどうなるんだ？」

「……その怪談話の世界に留《とど》まっているならまだ救いはある。見つけて捕まえればいいだけだからな。だけど、あんまり長居すると全く別の話に飛ばされたりする。そうなったら無数に存在する『怪談話』のどこにいるのか分からなくなっちまうんだ。砂漠の中でコンタクトレンズを探すくらいに大変だな。そいつは幽霊みたいに色んな物語を永遠にただ彷徨《さまよ》う存在になっちまい、いずれ自我もなくなって、消えてしまうのさ」

半端ない寒さが背中から首まで襲ってきた。

そんな大量の異世界に飛ばされてしまうような危険な代物だったのか。

おいそれと気軽に飛び込んでいいものではない気がする。

「そういう人を助ける方法ってないの？」

星子《せいこ》ちゃんが真剣な眼差《まなざ》しであーちゃんに尋ねた。

さっきの幽霊を助けたかったように、彼女は誰でもすぐに救いたがる。

「まず、誰か、元の世界と繋《つな》げられる人間の相方が必要になる。そいつの日常生活に関わっていて、現実に戻るための蜘蛛《くも》の糸になれるヤツがな」

「恋人とか、夫婦とか？」

「いや、ガチカップルとかラブラブ夫婦だと、お互いの依存心が強過ぎてなかなか一緒に考えたりしないんだ。なんなら、些細《ささい》な行き違いや意見の食い違いをしただけですぐに手を離してしまったりするし」

そういう意味では、僕は何があっても星子ちゃんの手を離したりしない。

繋いでいられることが嬉《うれ》しくて仕方ないのもあるが……。

星子ちゃんはその名の通り、かなり遠い高い場所を目指しているようなタイプなので、僕のような凡人がしっかり世界に繋ぎ止めておかないとどこまでも飛んでいってしまう、そんな危うさを持っているからだ。

「そういう意味でも、お前さんたちは適任だよな」

暗に僕たちはガチカップルとか夫婦にはなれないよと、言われている気がする。

まあ、アイドルは恋愛禁止という説もあるし、仕方ないのだが……。

「あたしたちは怪談話を解決するにあたって、最強の天才コンビってことだね！」

星子ちゃんはすっごい得意げになって胸を張っていた。

最強の天才コンビ。

凡人として生きてきた自覚があるので、そんなものになれるのは嬉しい。

星子ちゃんが色々天才なのは当たり前だが、僕も一緒というのが更に幸福度ましました。

「あーちゃんが本物の魔女で、あたしたちに才能があるから怪談話してくれるっていうのはよく分かったよ。ありがとね」

「おいおい、こっちこそありがとうだよ。未解決な怪談が一個片付いたんだからな？」

「さっきの女の子は、見つけてもらって成仏できたのかな？」

「うーん……そもそも、あの解決までが怪談話のオチだとしたら、あの少女自身も事件も発生していないのかもしれないけどね」

星子ちゃんの言葉を否定なんてしたくなかったし、僕だってあの幽霊は救われたと信じたい。信じたいからこそ、否定してしっかり考えたかったのだ。

「おいおい、言っただろうイケメンくん。信じられた虚構は現実になるんだよ」

「そっか！　あたしたちが『あの幽霊の子はいて、救われた』って信じれば……そしてこの話を聞いた人がみんな信じたら、現実になるんだね！」

星子《せいこ》ちゃんは嬉《うれ》しそうに手を合わせている。

だったら僕も信じよう。哀れな幽霊は、星子ちゃんが綺麗《きれい》に成仏させたのだ、と。

「ねえ、あの幽霊の子からなんか感謝とか、もっと早く出せよ！　みたいな恨み言とか、魔女的に聞いたりしてない？」

星子ちゃんの問いかけに、あーちゃんはやれやれと肩を竦《すく》めて首を振る。

その仕草が見た目の年齢よりも大人っぽく、妙に様になっていて。

この子が普通の女の子なわけがないと改めて認識できた。

「死人の声なんて聞けないよ。いくら魔女だってな。そういうのはもっと神聖な、巫女《みこ》とかイタコの領分さ。死霊使いなら神聖じゃなくても聞けるかもしれないが」

「そういうジャンルのスーパーヒーローもいるってことぉ!?」

「いるぜ。割とこの世の中にはそんじょそこらに特殊な人間、人間のフリをした何かが溢《あふ》れているからな。そういう意味では、星子ちゃんもその手の才能の持ち主だろうし」

「マジかー！　聖女とか賢者もいそうだね！　だとしたらクラスチェンジ先は何がいいかなあ。アイドルなのは外せないけど、スキルは継承できると信じて。やっぱ魔女？　あ、神官も格好《かっこ》いいかも？　英雄とか勇者とかはどう!?　復讐《ふくしゅう》されちゃうかな！」

相変わらず目をキラキラさせて尋ねる星子ちゃんだった。

最近はそういうジャンルの小説も多いが、何をやっても似合いそうだ。

僕がよく読んでいる小説からも考えて提案してみるとしよう。

「悪役令嬢とかいいんじゃないかな？　婚約破棄系よりはバッチリやれそうだし」

「お、いいね！　悪役令嬢なのに、色んな人たちに優しくしてモテまくるアレだね！」

「既にモテまくってはいるけどね、アイドルなんだから」

「つまり、悪役令嬢はアイドルの上位職？」

アイドルも上位職だと思うので、その判断はなかなか難しいところだ。

もっとも、そっちのクラスになってしまうとイケメンがわんさか現れることになりそうなので、できれば今のままアイドル配信者でいてほしい。そんなライバルたちがいたら僕は嫉妬で大変なことになりそうだし。

星子ちゃんはとても楽しそうに色んなゲームに出てくる職業を考えていた。

それにあーちゃんも『遊び人なんかいいんじゃないか？　エロいし。賢者になるし』みたいに適当な返事をしている。

さっきのサプライズはどうかと思うけれど、星子ちゃんに対して悪気がある子ではないのは確かなようだ。むしろ星子ちゃんの才能を喜び、大事にしている節もある。

しかし【魔女の怪談話】……。

まだ一個だけしか体験していないけれど、とてもワクワクしたのは確かだ。

しかも『解決』できてしまうというのは本当に楽しい。

手を離したら消えてしまうリスクはあるけど、星子《せいこ》ちゃんとなら手を離したりしないし。

僕が彼女の顔を見ると、こちらの視線に気付いてニッコリ笑ってくれた。

うん、可愛《かわい》い。

女の子たちがワイワイ話している邪魔をしたくないので、僕は「ちょっとトイレ行ってくるね」と告げて席を立った。


『行っトイレ!!』


何も美少女二人が口を揃《そろ》えてくだらないダジャレで送り出さなくてもいいじゃないか。

そんな嬉《うれ》しい不服を感じながら、ファミリーレストランのトイレに向かう。

そういえば【魔女の怪談話】の中では洗面台の鏡に僕たちは映っていなかったな。

幽霊みたいなものになっていたのだから当然なのだが、つまり『あの世界の光を反射をしていない体』になっていたわけだ。

僕たちはお互いを確認できていたので、不思議だなあと思う。

特に星子ちゃんの色んなレアな表情が見られたので満足だ。

しかし、幽霊については解決できたけれど、Ａくんが行方不明になったことは何も解決できなかったな。彼は今どこで何をしているのだろう？　星子ちゃんの推察だと死んでるパターンが多かったけれど。

そんなことを考えながら用を足して。

そして手を洗う時――。

「えっ!?」

僕は驚いて声を上げてしまった。

鏡の中に見たことがある顔が映っていたからだ。

いや、それが僕の顔だ。

僕の顔が映っているのが当然なのだ。


だけど、どうして？

どうして、さっきの怪談話に出てきた『Ａくん』が鏡に映っているんだ？

【魔女の怪談話のルール】


怪談話の中で手を離す、同じ話を三度聞いてしまう、一晩で四話目を聞いてしまう。

それらをしてしまった体験者は【魔女の怪談話】の中を彷徨《さまよ》うことになる。

しばらくは同じ怪談話の中を漂うが、時間が経《た》つと別の話に移動してしまう。

そうなったら無限に存在している怪談の、どの話のどの部分に体験者がいるかを把握するのは魔女でも不可能。

普通は出すことができない。

・追記
得てしてルールというものは絶対だが、必ずどこかに抜け道がある。

この場合、魔女が『普通は』と付けた点にありそうだ。

つまり、普通ではない方法を用いれば助け出すことができる。

■家に現れた生霊の話　体験編

「お次の【魔女の怪談話】は『生霊』についてだぜー！」

「わー！　ぱちぱちぱちー！」


戸惑いながら席に戻ると、既に二人は盛り上がっていた。

だけど、僕はそれよりも先にあーちゃんに尋ねないといけないことがある。

いや、星子《せいこ》ちゃんにも、だ。

さっき『神隠し』の話に出てきたAくん。

彼が最終的に、その後どうなったのかに関しては語られていない。

見つかったのか、今も行方不明のままなのか。

そして、何故《なぜ》僕の顔が、Aくんなのか。

星子ちゃんは僕を彼として見ているのか、だとしたらさっきまで僕たちが見ていたAくんを、星子ちゃんはどう認識しているのか？

「なんだい、イケメン。自分がお化けにでもなったかのようなツラじゃないか」

あーちゃんがニンマリと意地悪に笑って尋ねる。

自分がお化け。

そう聞いて、僕は背中が寒くなるのを感じた。

「どうしたの？　具合悪い？」

星子《せいこ》ちゃんが心から心配そうに僕を見つめて、手を伸ばす。

その手が僕の左頬《ほお》に触れた。

ひんやりとして、とても気持ちがいい。

細い指が頬をなぞるように、静かに撫《な》でてくれたおかげで……気持ちが落ち着く。

星子ちゃんの優しさを感じて、いささか心が楽になった。

「やれやれ、男女がイチャついていると、ファンが見たら絶望するぜ？」

「あはは、そうかも！」

星子ちゃんが慌てて手を引っ込める。

名残惜しく感じつつも、ファンの気持ちもよく分かるのでグッと我慢した。

僕は、あーちゃんにこの顔のことをすぐに尋ねなければならない。

違和感と同時に納得みたいなものが浮かんでいたからだ。

Aくんの顔は僕のものだったとして、星子ちゃんはなんでその点を気にしていなかったのだろう？　それとも、星子ちゃんにはAくんが別の顔に見えていた？　むしろ僕はどうしてAくんを見た時にすぐに僕の顔だと気付かなかったんだ。そもそもあの物語の結果、彼は神隠しに遭ったのだから、今ここに僕が同じ顔でいたらおかしいだろう。

……僕がAくんであるなら、この意識はAくんなのか？　星子ちゃんの幼なじみはつまり、Aくんだった？

分からないことばかりだ。一番信じられないのは自分自身だったりする。

こうしている今も、あの鏡に映った自分に驚いているし、それが『自分なのは分かるんだが、自分じゃない気がする』という不安定極まりない状態だ。

だけど、混乱したままでいるわけにはいかない。

相手は魔女。

この場では既に【魔女の怪談話】なんて不可思議な魔法を披露してくれている。

僕みたいな凡人では想像もつかないような意図を隠し持っている可能性があるのだ。

そして星子ちゃんは……たぶん、純粋に心配してくれている。

Aくんの顔が僕であったのを隠している様子はない。

星子ちゃんは全く違和感を覚えていないのであれば、後でどうにかこっそりと『Aくんと僕がどう見えているのか』を確認しなければならない。

はっきり言って混乱の極みだったりする。できれば騒ぎ散らして発散してしまいたい。

だが、ここで推論もしないまま喚《わめ》き散らしてしまえば……それこそ魔女の思うツボだろう。どんな意味があるのか分からないが、ここは冷静に、慎重に。

自分について、きちんと考えてから話をする必要がある。

これは直感だった。

今ここで尋ねるのは良くないタイミングな気がする。

根拠のない直感だというのに、それには絶対の自信もあった。

だから、僕は一度目を閉じて……。

「ふう、落ち着いたよ。次の【魔女の怪談話】を聞かせてくれるんだ？」

努めて今まで通りの態度を保つフリをしながら尋ねた。

「おうよ。二人は『生霊』って聞いたことあるかい？」

「うーん、言葉だけならかなあ？　なんとなく生きてるのに幽霊として出てくる？　みたいなイメージがあるけど」

「まさにそういう話さ。さて『生霊』体験してみるかい？」

あーちゃんが星子《せいこ》ちゃんと僕を見て口元を歪《ゆが》ませる。

生きている霊と書いて『生霊』かあ……。

正直な話をすれば『生霊』はなんか怖いので遠慮したい気分だった。

死んでしまってから幽霊になったのなら、もうこの世のものではないわけで、つまり良くも悪くも完全に他人事《ひとごと》として考えることができる。

だけど『実は生きてました』というのが現れたら、そこにあるのは面倒な人間関係な気がしてしまう。幽霊として出られた側も、出た側も、色々面倒なことが多そうだ。

「あんまり気乗りしない？」

不安そうに眉を下げて星子ちゃんに尋ねられると、そんな顔をさせてしまった自分を思いっきり殴りつけたくなった。

彼女が楽しみにしているのだから、僕が嫌がってどうする。

一人では体験できないのが【魔女の怪談話】なんだから、僕がここでしっかりしないと星子ちゃんがしょんぼりしてしまうだろう。

「いや、ごめん。なんか怖いなーと思ってただけだよ」

「そうだよね。生きている人が幽霊になっちゃうんだもんね」

「わはは、ちゃんと警戒してくれると魔女としても話し甲斐《がい》があるぜ。ただ私としては『生霊』の話だからこそ、ちゃんと二人に『解決』してほしいかな？」

あーちゃんの挑戦的な物言いは、僕たちを信じているものだった。

さっきの一回だけで、彼女は星子ちゃんと僕ならば【魔女の怪談話】を解決できると信頼してくれているのだ。

「期待に応えるのもアイドルの仕事なんだよねえ」

「そしてそんなアイドルを推すのが僕の仕事だ」

「いやいや、仲良しとして一緒に歩もうよ！　推しとかファンってなんか遠いよ！」

星子ちゃんはこう言うが、男性と親しくしていればリスクがあるのもアイドル道だ。

どんなに友達だと主張したところで、男性といればファンは一定数傷付いてしまう。

自分もそうである以上、彼らの気持ちはよく分かる。

しかし、今回ばかりは許せ。

これぱっかりは幼なじみ特権だからな！

などと優越感に浸りながら、僕は星子《せいこ》ちゃんに手を伸ばした。

「あはっ」

星子ちゃんも僕の手を握り返してくれる。

小さい頃から僕には距離感が近いけれど、大人になった今でもこうして手を繋《つな》げるというのは本当にありがたい関係だった。

「準備はいいみたいだな？」

あーちゃんはいつの間にか小さいピザを頼んでいた。

今回の話の内容と方向によっては、あれも僕が奢《おご》るんだろうなーと眺めていたら。

「それでは【魔女の怪談話】始まり、始まり――」

あーちゃんがそう囁《ささや》いた途端。

僕たちの視界がぐにゃりと歪《ゆが》むと同時に、空気感までもが変化していく。

ファミリーレストラン内の停滞したものではなく、外の流れる空気へと。

風を感じてから目を凝らしてみると、風景は完全に一新していた。

今、僕と星子《せいこ》ちゃんは夜の、ちょっと小さめなマンションの前に立っている。

さっきのは二階建てのアパート物件だったけれど、今回は五階建てのマンション物件。

白っぽい壁が印象的で、エントランスはオートロックタイプ。

整然と並んだ郵便受けの隣には銀色の宅配ボックスが設置されている。

入り口には監視カメラがついており、セキュリティに力を入れている建物だった。

周りに人の気配がほとんどないこと、車の音も聞こえないこと、辺りの家の窓は全部真っ暗なことから、ある程度深夜の時間帯のようだ。

「たぶんだけど、学生向け物件だこれ」

星子ちゃんが僕の手を引いて、マンションの張り紙を見る。

ゴミ捨ての日や地域のお知らせ以外に『痴漢や不審者に注意！』の紙が貼られていた。

そこには『なるべく登下校やバイト帰りには暗い夜道を一人で歩かないこと』『スマートフォンを見ながら移動しないこと』『不審者を見つけたらすぐに管理人に連絡すること』などの注意事項が管理人の署名入りで書かれている。

「これだけでそう思ったんだ？」

「小さい子がいる家族向けだったら『なるべく一人にしない』とか『送り迎えをしよう』

『お子さんから目を離さないように』みたいに書いてあると思うんだよね。だけど注意書きには『登下校やバイト帰り』とか書いてあるし」

言われてみればその通りだった。

登下校なんて学生に向けた言葉だ。アルバイトするのも若い人物だろうし。『痴漢や不審者に注意』ってあるのは、既にそういった相談が管理人さんに届いているからこその注意書きなのかもしれない。

今回は『生霊』とのことなので、もしかしたらストーカーの霊が現れる可能性もある。あんまり星子ちゃんに痴漢とかストーカーみたいなバイオレンスなものに関わってほしくないんだけど、と幼なじみとしてもファンとしても切に思う。

『今回の怪談話は、三〇二号室で一人暮らししていた、私の知り合いだった女子大生、沖《おき》江《え》詩《し》穂《ほ》美《み》って娘さんのお話さ……って、あ！　名前言っちゃった！』

頭の中に響いた声がしっとり語り始めたかと思うと、途端に可愛《かわい》い声をあげていた。

さっきの怪談でも固有名詞は出なかったのに、今回はいきなりの紹介。

僕と星子ちゃんが目を見合わせて驚いていると……。

『えーと〝Oちゃん〟という女子大生がいたんだけどな』

「あはは！　フルネーム言っちゃったのにイニシャルに言い直すんだ！　あたしはもしかしたら名前を入れ替えるとか、ローマ字にしてアナグラムにするとかしてあって本当は別の名前だったりするのかも？　と思ってたのに」

『そんな余裕もなかったんだっ』

「開き直るんかーい！」

星子《せいこ》ちゃんが突っ込む。

あーちゃんは『うー』とバツが悪そうなうめき声を響かせながら、咳払《せきばら》いをしていた。

うっかり本名言っちゃった……とのことだが、僕はこの魔女を警戒している。

もしもこれがわざとだったら？

逆に『上手《うま》いな』という感想を抱く。

大抵の怪談はイニシャルの『Oちゃん』のように名前を伏せて語られる。さっきのAくんもそうだ。どこの誰か分からないという雰囲気を出すと同時に聞いている人に身近な人を想像させる効果がある。

だが、あーちゃんは最初にフルネームを言った。

これにより本当に『知り合いの沖江《おきえ》さん』が体験した話として聞き手は受け取る。

その沖江さんはこの後、話の流れでどうなるのだろうか？　彼女が『生霊』になる物語なんだろうか？　もしくは別の何かが現れるのか？

このように、僕たちは『沖江さんがどうなるのか』という先読みをしてしまう。

予想通りに進んでも気になるし、予想外に進むと余計に先を想像してしまう。

ここで『沖江詩穂美《しほみ》』という人物の名前を口にしたのは、怪談話としてとても効果的だと僕は思った。

それに――この名前は何かが頭の奥で引っかかる。

それがなんなのかは、今はさっぱり分からないが……この違和感は覚えておこう。

「あーちゃん、今回は『沖江さん』でいいと思うよ。珍しい苗字《みようじ》だし、いかにも登場人物っぽいもん」

『そうだな。うっかり名前を出しちゃって、すまん』

あーちゃんは僕たちの頭の中に声で謝罪していた。

本当にいる人物なんだろうか。それともわざとの演出なんだろうか。

同じことを思っているのか、星子ちゃんの目はキラキラしている。

「で、その沖江さんは？」

そして星子ちゃんは辺りを見回した。

さっきは近くにもうAくんがいたのだが、今回はいないようだ。

「いないなあ。実はもう死んじゃってるとか？　もしくは既に『生霊』に攫《さら》われちゃったとか。今は寝てて『生霊』になって現れたー！　でもいいかも」

『待て待て星子《せいこ》ちゃん。いくら【魔女の怪談話】だからって、まだ何も始まっていないのにオチを最初に求めちゃいかんだろ』

「その方が話は早くないかなー？　って思って」

怪談のオチを先に聞くなんて、推理小説で犯人が誰なのかを見てから楽しむみたいなものだ。だが、星子ちゃんは正に推理小説を後半から読むタイプだし、怪談は怖がるというよりも論理的に考察する楽しみ方を好んでいる。

『ま、いっか』

あーちゃんはあっさりと諦めていた。彼女も本来はそちらのタイプなのかもしれない。

『沖江《おきえ》さんは「生霊」っぽい現象に襲われ、あー怖かったー！　って私に話してくれたんだよ。だからこれから始まるのは、体験談みたいなもんさ』

あーちゃんがオチを先に話したところで、風景がいきなり変わったりすることはなかった。【魔女の怪談話】は結果が分かっていても順番に見なければいけない。

しかし、沖江さんは生霊の被害者の方か。

ちょっと安心するのは、女性が殺害されるような話でなかったことだ。

しかも女子大生と言えば星子ちゃんと年齢も近い。

重ねて見てしまいそうだったので、そこは安心した。

僕が胸を撫《な》で下《お》ろしていると、エレベーターが降りてくる音がする。

ドアが開くと、そこから赤いジャージ姿の女性がゴミ袋を持って降りてきた。

やや長い髪は首の後ろでひとまとめにして、結構厚い眼鏡をしている。化粧もしていないが、整った可愛《かわい》い顔立ちをしているのはすぐに分かった。

『ふー、よいしょー』

なんだか可愛い掛け声で、エントランスの外にあるゴミ置き場に袋を入れている。

一応、女性のゴミを確認しないよう、僕は視線を逸《そ》らしていたのだが。星子ちゃんはもう検証を始めているつもりなのか、彼女の手元を凝視していた。

『見ての通り、沖江さんは結構可愛かったわけよ。胸もでかかったしな』

「なるほどね」

星子ちゃんはさり気なく胸を張っていた。

いくら彼女が自分で控えめな胸をネタにしているとはいえ、その話題が出る度に外見をイジったりしていたら流石《さすが》に辟易《へきえき》するはず。なので、ツッコミ待ち姿勢だが敢《あ》えて何も言わない。僕はそういう分別のあるファンでありたい。

少し寂しそうにしているが、ここは心を鬼にしてあくまで見ないでおく。

『人当たりも良かったし、なにげに甘えん坊でドジだったりして欠点も多かったから、あんまり他人に憎まれなかった。そんなヒロインタイプの娘さんだったんだ』

「へえ、そりゃモテそうだなぁ」

『うむ、めっちゃモテた。老若男女に大人気だった。結果、そこそこ恋愛っぽいトラブルもあったんだよな。「生霊」ってのは大抵こういう場合に発生するんだ』

僕たちの横を歩いてエレベーターに戻った沖江《おきえ》さん。

二人で後を追いかけるようにエレベーターに乗り込む。

ドアが閉じると、そこは三人だけの空間になった。

沖江さんは僕たちを全く認識できていないので一人だと思っているだろう。

なんとなく静かにしないといけない気がしたので、僕は口を閉じる。

だけど星子《せいこ》ちゃんは、あーちゃんに話しかけるように上を向いて口を開いた。

「恋愛トラブルかあ。あたしちょっと苦手かも」

『恋なんてのは、変な嫉妬とか、えげつない執着心も含むからな』

「あーちゃんは恋バナが好きじゃないの？　あたしは大好きなんだけどねぇ、ふふっ」

あーちゃんの物言いは、恋心をあまり良く思っていない節のある言い回しだった。

恋なんて執着心である、というのは見た目がまだ中学生かそれくらいの少女が格好付けて言っているなら可愛《かわい》げがあるのだが。

彼女は達観した物言いなので実感が籠もり過ぎているのだ。

やはり見た目通りの年齢じゃないんだろうな、と確信した。

　そうこうしているうちにエレベーターは三階で停止し、沖江さんはそのまま二号室に入る。今回は事故物件でもなんでもないので、他の部屋にも人がいるのだろう。深夜だから特に人の気配はないが、他の部屋の玄関前に傘があったりするので生活感がある。

「さ、あたしたちも部屋に入ろ」

「いいのかな、僕が入っちゃって」

「怪談話なんだからいいんだよ」

　そういう理屈ならいいのかもしれない。

　僕と星子ちゃんで観測しないと話が進まないのだから仕方ない。

　そう自分に言い聞かせて、僕たちはドアをすり抜けて彼女の部屋に入った。

　そこはごく普通のワンルームマンションで、生活感に溢《あふ》れている。

　あんまり見ちゃいけないと思いつつ、畳んで置いてある洗濯物の中には服やタオルに紛《まぎ》れて下着っぽいものもチラッと見えてしまった。

　ここで「あ、下着だ！　でへへ」などと考えてしまえば、僕が痴漢で不審者だ。

「あたしの部屋もこんな感じだなあ」

「えっ」

「もっと綺麗《きれい》でオシャレだと思った？　残念！　アイドルの一人暮らしの部屋なんて、結構適当なものなのだよ。なんせ配信者アイドルだからね。男の子を連れ込んだりしないから、部屋を飾る必要もないし」

「友達を呼んだりする時は？」

「その直前に死ぬ気で片付けるよ」

やっぱ人目は気にするんだ、と安心した。

そして男の子を連れ込むつもりが全くないことにも同じく安堵《あんど》する。

『沖江《おきえ》さんはゴミ捨てをして、そのまま寝ることにした。時間は深夜二時。お化けや幽霊が出るのにうってつけな時間だった』

沖江さんは小さくあくびをすると、部屋の電気を消して奥にあるベッドに寝転がった。

女性が寝るのを眺めているというのは罪悪感があるものの、物語的には特に変化のないシーンだ。もしこのまま何もない場合、僕たちは彼女が起きるまでこの世界にいないといけなかったりするんだろうか？

それとも、もう『生霊』が現れてたりするのかもしれない。

僕は沖江さんの寝顔を眺め続けるのをやめて、辺りを見回してみた。

特に変化があるようには……。


ぽたっ。

その時、水滴が落ちる音が聞こえた気がした。

ぱた、ぱた、ぱたっ。


水滴がどこかに落ちているような音。

雨漏りとかすればこんな感じのはずだが、ここは五階建ての三階。

上の階が水浸しにでもなっていない限り、雨漏りは起きないはずだ。

『んー？』

沖江さんもその音が気になったのか、体を起こして眠そうに部屋を見回した。

ぱた、ぱた、ぱた、という音は洗面台やキッチンではない方向から聞こえる。

僕と星子《せいこ》ちゃんも辺りを見回していたのだが、二人で違う方向を見ていると水滴の音は停止した。観測していないと話が進まない【魔女の怪談話】のルールのせいか。

仕方なく、探すのは諦めて沖江さんに集中した。

『あれ？　雨漏りじゃない、天井？　いや、こっちかな？』

独り言をブツブツ言いながら沖江さんが向かったのは、タンスの方だった。

なんでこんな場所から？　と首を傾《かし》げる。

辺りを見回しても濡《ぬ》れている場所はない。

なのに……。

ぱた、ぱた、ぱた。

音は、確かにタンスの中から聞こえていた。

彼女は不思議そうに上の段から引き出してみる。

衣服が入っているのをまじまじと見つめるのは気が引けたが、そこは仕方ないと割り切ってそのまま観察していた。

そして沖江《おきえ》さんの手が二段目の引き出しにかかる。

ぱしゃっという音と共に開くと――。


引き出しの中は、完全に水浸しになっていたのだ。

『えっ!?』


沖江さんはビックリして天井を見た。だが、特に濡《ぬ》れた様子もない。

そもそも引き出しの中、二段目だけが水で溢《あふ》れているというのはおかしな話だ。

そこに入っていた服は完全に水浸しになってしまっている。

よりによって下着の段だったせいで、僕もモロに色とりどりのそれらを見てしまった。

『なんで、なんで!?』
沖江さん本人は大混乱だった。
とっさにその引き出しを押して仕舞《しま》おうとする。
だが、その水が何もないのにパシャッと跳ねた。
水滴が沖江さんの顔にもかかり、一瞬目を閉じる。

ぱたっ。

今度は水気のある足音が響いた。
見れば、フローリングの床には……濡れた足跡がついていたのだ。
その足跡は、僕たちが見ている前でぱたぱたと歩いていくと、そのまま玄関に向かう。
ドアは開いた様子もないのに。

ぱたたたたっ。

まるで逃げるように、濡れた足音は遠ざかっていった。
後には、呆然《ぼうぜん》と玄関を見つめている沖江さんと、僕たちが残される。

「追いかけよう！」

星子《せいこ》ちゃんが僕の手を引っ張ってすぐに走り出した。

僕も彼女に合わせて玄関に向かう。

星子ちゃんはそのままドアをすり抜けようとして、ビタッと止まった。

「あれぇ～？」

ドアに手を当てて、パントマイムするかのように壁があるのを確認している。

入る時はすり抜けられたけれど、今はできない。

ということは、これもこの空間でのルールということだ。

『おっと、その先は「怪談話」の範囲外だから見せられないぜ』

あーちゃんの声が頭に響いたので、僕と星子ちゃんは顔を見合わせて溜息《ためいき》を吐《つ》いた。

どうやら怪談話にはエリアが決められているらしい。そういえばさっきも、Ａくんの部屋にあったトイレに入ることはできなかったか。

確かに、話の中とはいえ外へ自由に出回れたら大変だもんな。

全く別の世界を延々と旅することができてしまう。

となると、他の部屋を覗《のぞ》くみたいなこともできないわけか。

星子ちゃんはしばらくドアと真剣な顔でにらめっこしていたが、もう走る音が聞こえないと判断すると止まってしまっていた沖江《おきえ》さんに目を向けた。

彼女を二人で見ると同時に、ハッとしたように動き始める。

『今の……なに?』

タンスの二段目を開けたら水浸しになっていて。

そして見えない何かが飛び出すと、そのままドアから逃げていった。

そんな有り得ない心霊現象を目撃した沖江さんは動揺している。

それでも恐る恐るタンスに近づき直すと、一段目、三段目、四段目、五段目と順番に引き出しを開けてから閉めた。

どうやら水浸しになっているのは二段目だけのようだ。

透き通った水の中に、丁寧に折り畳まれた下着類が並んでいる。

あんまり見ちゃいけない気がしたので、そこの観察は星子ちゃんに任せることにした。

既に推察モードに入っているのか、彼女は押し黙って引き出しの中やタンス、床を鋭い眼差《まなざ》しで睨《にら》みつけるように見つめている。

『ううう……とりあえず友達に連絡して……インスタに写真上げよう……』

今どきの大学生っぽい心の落ち着け方だった。

地震があった時に真っ先にツイッターを確認するようなものだろう。

震える足取りでベッドに戻ると、そこに置いてあったスマートフォンを手にした。

そしてまずは写真を撮ることにしたらしく、よろよろと頼りない足取りでタンスに近付いてくる。

だが、彼女がスマートフォンを向ける前に……。

二段目の水は一瞬で蒸発したかのように引いていった。

撮影を拒否するかのようなその状況に彼女はすっかり青褪《あおざ》める。

震える手で下着を取り出してみると、びしょびしょに濡《ぬ》れていたそれは……彼女の手の中であっという間に乾いてしまった。

後には、最初から怪奇現象などなかったかのようなタンスと衣服が残っている。

『な、なんなのぉ……』

泣きそうなか細い声で呟《つぶや》くと、ダッシュでベッドに駆け込んだ。

そのまま布団を頭からかぶって、震えながら丸くなっている。

『助けてぇ……』

死にそうなくぐもった声が布団の中から聞こえる。

ピロッと通知音が鳴ったので、あの中で友達とメッセージでやり取りしているようだ。

こんな時間に起こされた友人なのか、大学生くらいだとまだ起きている時間なのか。

ともあれ、怖い時にすぐ連絡ができる友人がいたようで安心した。

僕も星子《せいこ》ちゃんからいつ連絡があってもいいようにスマートフォンの通知音を最大にして枕元に置いているのだが、幸か不幸かまだ助けを求める連絡は来たことがない。

「ふうん、なるほどね」

そんな星子ちゃんは何か分かった時のような呟きをしていた。

僕が改めて彼女の横顔を見つめても、どうやら話してくれる気はないようだ。

顎に手を当てたまま、真剣な顔で丸まった布団を眺めている。

今までの状況だけで、星子ちゃんには何か掴《つか》めたりしたのだろうか。

『こうして、沖江《おきえ》さんは眠れぬ夜を過ごし……ようやく寝付けたのは、外も明るくなって賑《にぎ》やかになってきた頃のことだった』

星子ちゃんと僕が見ている景色が、何倍速かで流れていく。

何もない時間はこうやってスキップしてくれるのか。

このままずーっと沖江さんと夜を過ごすのかと思っていたが、どうやら懸念で済んだ。

しかし今回の【魔女の怪談話】は、どうやらこの夜のことだけでは終わらないようだ。

『翌朝、僅かな睡眠から目を覚ました沖江さんは、部屋の中を見てギョッとした』

沖江さんがもぞもぞと動いて、ゆっくりと体を起こす。

あんまり眠れていないだろうその顔は、まだボーッとした表情だった。

だが、そのまま部屋の中を見て愕然《がくぜん》とする。

『え、何これぇ!?』

悲鳴にも近い叫び声。

彼女の部屋は……大量の濡《ぬ》れた足跡だらけだったのだ。

玄関から、タンスから、トイレから、浴室から、キッチンから、冷蔵庫の中から、窓から、パソコンから、クローゼットから。

あらゆる場所から現れたとみられる足跡が、縦横無尽に部屋の中を歩き回った形跡があった。そしてその足跡の中でも最も彼女を恐怖させたのは……。

全ての足跡が、沖江《おきえ》さんがそれまで眠っていたベッドに向かっていたのだ。


『あぅ……』

彼女はその事実に気付いてから口元を押さえてえずく。おそらくあまりの気味悪さに吐き気をもよおしたのだろう。そのまま震えながら布団をめくってみたが、そこには濡れた形跡は一切なかった。

まるで彼女がいたベッドだけが足跡の侵入を拒めたかのように。

そして泣きそうな顔でベッドから飛び出すと……。

そのままサンダルを履いて、ドアから飛び出していった。

『沖江《おきえ》さんはそのままジャージ姿で近くのコンビニに駆け込んだ。そこに店員さんと何人かの客がいたおかげで、ようやく一息つけたようだ。コンビニの前に座り込んで友達に連絡を取り迎えに来てもらった彼女は、そのまま怖い部屋には戻らず、その友達の部屋に行ったのだった……』

僕と星子《せいこ》ちゃんも沖江さんを追いかけて、玄関を出ようとした。

だが、そこであーちゃんの解説が入ると、そこから先には進めなくなった。

どうやら今回の【魔女の怪談話】はここまでのようだ。

そのまま辺りの風景がぼんやりと霞《かす》んでいく中で、僕はせめて何か新しい情報を得ようと部屋の中を見回す。

沖江さんがいたベッド、水が溢《あふ》れたタンス、そして。

僕は初めて、この部屋にそれがあることに気が付いた。

目には見えていたはずなのに、何故《なぜ》か意識していなかったもの。

別に一人暮らしの女子大生の家にあってもおかしくないのに、僕は執拗《しつよう》にそれを見つけることができなかった。

パソコンデスク。

大きなパソコンが天板に置かれたそのデスクには、マイクアームに高そうなコンデンサーマイクがかけられていた。モニターの上にはＷＥＢカメラが設置されている。パソコンデスクの脇にはオーディオインターフェースもあり、マイクケーブルが繋《つな》がっていた。デスク周りの壁には防音材が貼られている。

明らかに『配信者』のデスクだ。

星子ちゃんは配信者アイドルなので、似たような機材を一緒に検討したこともある。

そこそこ高いパソコンなんかも、彼女が一生懸命アルバイトして手に入れたのを知っていた。二人で厳選して、コスパのいい機材が全て揃《そろ》ったのは彼女がデビューする半年前くらいだった。だから、そこに似たような機材があることに驚いた——。

いや『似たような』ではない。

僕はその機材の全てを把握している。

それは——。


星子ちゃんの部屋にある配信機材と、全てが同じだった。


視界が霞む中で確認できたそれらは、パソコンデスクや椅子まで、全部記憶にあるものだ。星子ちゃんの部屋を見たことはないが、これらが揃っているのは確実だろう。

僕だけであれば、たまたまそのデスクを見逃していただけかもしれない。

だけど、星子ちゃんは？

あそこまで同じものが揃《そろ》っていたのならば、彼女は絶対に気付いたはずだ。

怪談話のありとあらゆる可能性を検討して調べていた星子《せいこ》ちゃんが、一番目立つあのパソコンデスクに気付かないわけがないのだから。

僕のように、何故《なぜ》か意識できなかったのか。

それとも、わざと意識して何も言わなかったのか。

そして僕は『自分がAくんと同じ姿をしていた』という事実を改めて思い出して……ひとつの、恐ろしい疑問に辿《たど》り着《つ》いてしまう。

僕が仲良くしている、今手を繋《つな》いでいる女性。


彼女は本当に『星見《ほしみ》星子』なんだろうか——？


霞《かす》む視界の中で、屈託のない視線で僕を見つめる星子ちゃん。

その目を疑う日が来るなんて夢にも思っていなかった。

そんなもやもやした不安を抱えながら……。

気が付けば、僕たちは元のファミリーレストランに戻っていたのだった。

『生霊に怖い目に遭わされた沖江《おきえ》さんの話』

・登場人物
沖江詩穂美《しほみ》さん
友人（登場はせず）

・時間帯
深夜～朝

・場所
学生向けマンション　三〇二号室

・結果
しばらく沖江さんは友人宅で過ごすことになった。

■家に現れた生霊の話　解決編

「っていうのが、沖江《おきえ》さんが『生霊』に出会ったお話だよ」


あーちゃんは星子《せいこ》ちゃんの横で得意げな表情を浮かべながらピザを食べていた。

僕も星子ちゃんも手を繋《つな》いだまま、目を瞬かせている。

確かに怪談話も衝撃的だったが、僕にとってはもっと大きな問題が生まれていた。

パソコンデスクに気付かなかったこと。

その機材が全て星子ちゃんのものと完全一致していたこと。

そしてその事実を星子ちゃんが一言も口にしなかったことだ。

僕が最後に気付くまでの間のように、単に彼女の意識から外れていただけだと信じたい。

だがもしも、沖江さんの配信機材について知っていたのに黙っていた場合、星子ちゃんにも何かの意図があることになってしまう。

一番考えたくないのは、あれが星子ちゃんの配信機材と一緒であるという事実を全く知らなかった、という状況だ。

本物の星見《ほしみ》星子であれば知っていて当然のものを、全く知らないとなれば……それは、今の彼女は星子ちゃんを騙《かた》る別の何かということになってしまう。

でも、そんなことがあるのだろうか？

僕とまだ手を繋いでくれている彼女は、僕のよく知る女の子だ。

小さな頃からずっと見守ってきた、大事にしてきた少女。

最近ようやく『自力でアイドルになりたい』という難しい夢を、配信者という方法で実現し、人気も広がりつつある。

歌唱力、ダンス、トーク技術、様々なものをちゃんと努力して手に入れてきた彼女を僕はずっとそばで見守ってきたのだから、見間違えるはずはない。

ない、のだが……。

今は自信を失いつつあった。

「大丈夫？　なんかつらそうだけど」

星子ちゃんが握る手を強めて、心配そうに顔を覗《のぞ》き込んできた。

家族のように親しくしてきた僕を本気で心配しているのが窺《うかが》える。

だと言うのに、僕は僕に自信がなかった。

Aくんと同じ顔をしていた鏡の中の自分。

そして、大事な星子ちゃんを疑ってしまっている自分。

できれば星子ちゃんと一緒に今の怪談話を楽しみたかったのだが、最後の最後でとても大きな疑問が生まれてしまった。

「あ、ああ、ごめん。大丈夫。ちょっと最後のシーンは気持ち悪かったね」

慌てて誤魔化《ごまか》す。普段ならこんな言い方は嘘臭《うそくさ》くなったかもしれないが、実際に気分が悪い今は信憑性《しんぴょうせい》が増すと信じたい。

今、本気で僕を心配してくれている星子《せいこ》ちゃん。

確証もないのに目の前の子を疑うのは早計だろう。

そもそも【魔女の怪談話】なんてオカルト魔法の世界の話なのだから。

色んな疑問点や不思議があるのは当然……そう考えて落ち着くことにした。

「ね！　あんなに足跡がいっぱいあって、自分のベッドに向かってたとか知ったら、あたしなら泣き叫んじゃったかも。なんか虫みたいじゃなかった？」

「虫に集《たか》られるイメージの方が怖いね！」

星子ちゃんは持ち前の想像力で勝手にもっと怖くしていたようだ。

その言い回しも発想力も星子ちゃんらしかったので、僕はひとまず安心した。

「でも今回って別に被害者出てないよね？　沖江《おきえ》さんがビックリした！　ってだけで」

「まあな。『生霊』に人を害する力なんかないんだよ。せいぜいがビックリさせるくらいで、神隠しだったり死んだり呪われたりみたいな実害は出ないのがほとんどなんだ」

「『生霊』って、あの足跡のことだよね？」

「足跡もそうだが、私ら魔女はあの『水』こそが『生霊』だと言い伝えているよ」

水が『生霊』。

魔女の言い伝えというのも興味があるキーワードだったが、今は尋ねるのを我慢する。

話の続きを待っている僕たちの視線に気付いて、あーちゃんは頷《うなず》いた。

「不思議なことに、昔っから『生きている人間が引き起こす霊現象』っていうのは『水』として現れるんだ。死んでる人間なら様々なパターンがあるんだけどな。それが真水なのか、海水なのか、なんなら汚水なのかは状況によって違うけど、液体なんだよ」

「海の水だったりすることもあるんだ？」

「むしろ海の水の方が多いな。海難事故に遭った人が化けて出る時は海水でびしょびしょに濡《ぬ》れてたりするよ。生きているうちに現れて、助けてもらったり、死んじゃったり」

「その海水はしょっぱい？　プランクトンとかもいる？　どれくらい海の成分がある？」

「待て待て、星子ちゃん。今回の話から離れちまってるぜ」

「あ、そっか、ごめん！」

海の怪談話も気になったが、とにかくどうやら『生霊』は『水』の形で現れる。

そういうルールがあるようだ。新ルールはちゃんとスマートフォンにメモしておこう。

書きながら、汚水で現れたら臭くて嫌だろうなぁ、と月並みな感想を持った。星子ちゃんだったらその汚水の成分も気にするんだろう。菌がいたら凄《すご》いよねー！　みたいな。

今回の沖江さんの件は海水の臭い、汚水の臭いもしなかったから、どうやら真水っぽい方だった。そこに関しては嫌な気分にならなくて良かった。

「今回は何を解決すればいいんだろう……？」

星子《せいこ》ちゃんは顎に手を当てて考え込んでいる。

今回は沖江《おきえ》さんがビックリしただけで特に犠牲者も出ていない。

大量の足跡には驚いたけれど、実害があったわけでもない。

強いて言えば沖江さん本人がもう『生霊』の被害に遭わないようにすることだが……。

「『生霊』……生きている幽霊、かあ。つまり幽霊本人は前のお話と違って、生きているんだよね？　幽体離脱って言うのかな。自分の体から幽霊になって抜け出す、みたいな」

「そうだな。今回のお話における大ヒントはまさに『生霊』って部分だ」

「『生霊』って誰でもなれるの？　だったら幽霊になって好きな子を覗《のぞ》き放題になりそうなものなんだけど」

何ぃ!?

好きな子を覗き放題だと!?

うっかり自分が生霊になって、星子ちゃんがスヤスヤ寝るのを覗くシーンとか想像したりしてしまう。ここでシャワーシーンじゃなかった自分を褒めてあげたい。

「いんや。やつらは、自分が『生霊』になって何かやらかしてることを知らないことが多いよ。念みたいなものだけが独り歩きするみたいだな」

「ふーん、じゃあつまらないね」

星子ちゃんは幽体離脱してみたいとか言ってたこともあるので、魔女が方法を知っていたら聞き出そうとしていたのかもしれない。

それから何か「うーん」と考えてから「あ！」とすぐに思いついたように顔を上げる。

「あーちゃん！」

「お、おう？」

星子ちゃんは目をキラキラに輝かせてあーちゃんに向き直った。

あまりに顔が近いので、さすがのあーちゃんもちょっとたじろいでいる。

「何をご馳走《ちそう》すれば、今のをもっかい見せてくれるっ!?　二度目をお願いしたい！」

「話が早いじゃないか。さすがは天才星子ちゃんだぜ。シーザーサラダが食べたいな」

あーちゃんはここでお腹《なか》を満たすつもりらしい。

凄《すさ》まじい魔法を披露しまくってもらっているので安いものなのだが。

何か代償が必要とか後で言われたりしないだろうか？

とりあえず目先の代償であるシーザーサラダ代を払うべく、僕はテーブルにある端末から注文を押していた。

「星子ちゃんは何が気になっているんだい？」

「【魔女の怪談話】の中で、実際に見ながら確認してもいい？」

「あー、構わないぜ。だけどルールにある通り、同じ怪談を体験できるのは二回までだから注意だよ。三回目に入ると、体験者がその世界に飲まれて消える可能性が高くなる」

「手を離した時と一緒？」

「ああ。半永久的に『怪談話』の中に閉じ込められ、その後は色んな話にフラフラと飛ばされる亡霊になっちまうのさ」

【魔女の怪談話】で同じ話を体験できるのは二回まで。

ということは、つまり僕がもう一度Aくんの話を体験することはできない。

ただ『飲まれる可能性が高くなる』と言うからには、三回目でも無事なこともあるはず。危険だけど、必要に迫られたら突入する……なんてこともあるのかもしれない。

それでも、今回の『生霊編』は次に入り込むのが最後とみて間違いないだろう。

星子《せいこ》ちゃんは気になっていることを確認しながら、何を解決するのかを探り。

僕はそれを手伝いながら……あのパソコンデスク周りをもう少し詳しく見てみたい。


「それじゃ【魔女の怪談話】始まり、始まり〜」

あーちゃんの夢に誘《いざな》うかのような言葉を聞いた途端に、辺りの景色が変化していく。

僕はこの時も油断しないことにした。

この状態の時にも何かを発見したりできるのかもしれない。

歪《ゆが》んでいく景色、霧に包まれたような視界。

その中で些細《ささい》な変化がないか、じっくりと観察してみる。

ファミリーレストランには特に変な様子はない。

いつもの閑散とした深夜のファミリーレストラン。僕たち以外の人は、少なくともフロアにはいないようだ。

星子ちゃんの顔は、ニコニコしている。

僕と一緒に【魔女の怪談話】を体験できるのが嬉《うれ》しくて仕方ないといった様子だ。

そして、あーちゃんを見てみる。

ゆらゆらする視界の中でしっかりと彼女を見据えると、あーちゃんは驚いたように目を丸くしていた。まるで、初めて僕と目が合ったかのような表情だ。

そのままじっと睨《にら》みつけていると、彼女は口元をハッキリと歪めてみせる。

『このタイミングで私を見るなんて、やるじゃないか※※※』

そして誰かの名前を呟《つぶや》いた。

その名は、僕にとってとても衝撃的なものだったのだけど――。

辺りの景色が完全に変化しきった時、僕は何を聞いたのか分からなくなっていた。

確かに、ハッキリと聞いたはず。そしてその名前に凄《すさ》まじい衝撃を受けたのだ。

今でも跳ね上がった心臓がバクバク鼓動を打っているのを感じるし、あまりの驚きに息もすっかり上がっている。手汗だってびしょびしょだ。

と、そこまで気付いて「あっ」となる。

今、星子《せいこ》ちゃんと手を繋《つな》いでいるというのに手汗だとう⁉

「ご、ごめん、星子ちゃん！　僕、手汗がっ！」

「ん？　あはは、気にしてないよっ。むしろあたしが手汗かいちゃってたらごめんね」

まったく気にしないどころか気遣われてしまった。

こういうところは本当にずるい。

こんな素敵な星子ちゃんが、僕に何かを隠しているはずないな。むしろ騙《だま》されていたとしても可愛《かわい》いから許すしかない。恋する男は弱いのだ。

そう思い込むには十分な可愛さだった。

「今回の話をまとめたものだよ」

「おー！　さんきゅさんきゅ！」

スマートフォンのメモを見せると、星子ちゃんは顔をめちゃめちゃ寄せてきた。

彼女のいい香りが鼻に届き、サラサラの髪が頬《ほお》に触れる。メモとって良かった……。


一・被害者は学生向けマンションに住む沖江詩穂美《おきえしほみ》さん。

二・ゴミ捨てをして部屋に戻ったら水の音が聞こえる。

三・音は何故《なぜ》かタンスからで、二段目を開けたら水浸しだった。

四・タンスから水が跳ねて、足跡が玄関に向けて走っていった。

五・怖がりながら布団に引きこもって寝ると、翌朝は部屋中が足跡だらけだった。

六・足跡は全て沖江さんが寝ていたベッドに向かっていた。


「うーん、なるほどぉ……ううーん」

「なんか気になることでもあるの、星子《せいこ》ちゃん？」

「気になりまくりだね！　だから気になる所をチェックしながら、さっさと水が出るところまで進めよう？」

【魔女の怪談話】の体験はまだ二話目だというのに、星子ちゃんはもう手慣れた雰囲気で語っている。ゲームを配信している時も、彼女はある程度ルールを把握したらサクサク進めるタイプだった。無闇に進んだせいで失敗することもあるのがご愛嬌《あいきょう》ではあるものの、今回はそうはいかないので慎重にチェックしている。

『ふー、よいしょー』

沖江さんがゴミを捨てるシーンだ。

かなり重そうで、ゴミ袋もパンパンになっている。

「ん？　ちょっと視線逸《そ》らしててくれる？」

「オッケー」

星子ちゃんはまず、沖江さんが捨てたゴミに着目していた。

エレベーターから降りてきた沖江さんは、まずゴミ捨て場にゴミを入れていた。

僕は女子のゴミを詳しく見るというのに気が引けていたのでよくチェックしていなかったが、星子ちゃんはちゃんと気にしていたみたいだ。

「燃えるゴミの中に、布っぽいのが結構あるみたい」

「布？　服とか古布は燃えるゴミで出していいらしいね」

「そうなんだけど、これは……ああ、女性ものの下着だ」

見なくて良かった。

もし僕がまじまじと見つめていた日には、星子ちゃんに『下着をジロジロ見る人』と思われてしまったはずだ。

「見てみる？」

「いや、女性の下着はあんまり見ない方がいいからね」

「そう？　見たくないの？」

「普通の男の子なので、女子の下着を見たらドキドキするのは確かです」

「あはは、正直者だー！　でもこれは未使用っぽいよ」

「未使用？」

「そう。未使用のブラとパンツが雑多に捨てられてる感じ。結構可愛《かわい》いのからセクシーなの、際ど過ぎてヤバそうなのまである」

「女の子って未使用の下着を捨てまくることがあるの？」

「あたしはあるね！　普通はないけど。っていうか最近まではなかったけど」

星子《せいこ》ちゃんが未使用の下着を捨てるというのも驚いたが、最近まではなかったとのこと。

つまり、ちょっと前まで未使用の下着を捨てることなんてなかったということか。

そりゃ、着けるために買ったんだから使わないでどっさり捨てるのはおかしいだろう。

ふむ。つまり自分で買ってないとすれば……か。

「あ、分かった。ファンからプレゼントされたヤツでしょ」

「ピンポーン、正解！　ってかパンツ送ってくるって失礼だよね！」

「非常識ではあるかなあ」

「配信を始めてすぐに変なの届くようになったよ～」

確か、現在住所は公開せずに、住所レンタルサービスみたいなものを使っていたはずだ。そこに届いたプレゼントはしばらくして星子ちゃんの実家に届いてご両親が開封し、それから星子ちゃんが受け取りに行くという二度手間ならぬ三度手間をかけている。それくらいセキュリティをかけないとならないくらい変なのが届くらしいのだ。

「つまり、沖江《おきえ》さんも下着を送りつけられていたってことか」

「モテるって言ってたし、悪質なファンみたいなのもいるのかも……」

星子ちゃんはとても同情的だ。自分も似たような状況だからだろうが、沖江さんの場合は手元に届いてしまっている。これは本当に危険な状況なのかもしれない。

「じゃ、部屋まで進もうか」

星子ちゃんはひとしきり調べて満足したらしく、そのままエレベーターに向かった。

再び、僕たち二人と沖江さんの三人の空間になる。

さっきは気付かなかったけれど、沖江さんの髪は少し乱れていた。顔もどこか暗く、姿勢もやや猫背だ。その体からは如実に疲労感が出ている。

そのままエレベーターを降りて、部屋に入る。

その段階で僕たちは軽く辺りを見回した。

「これが現実なら罠《わな》を仕掛けたりしたいよね。せめて足が引っかかるやつ。逃げ出した足跡が、それでステーン！　と転んだりして」

「現実だったら同じシーンを繰り返したりできないから無理だと思うよ、星子《せいこ》ちゃん」

「あ、そっか！　なかなか難しいなあ」

星子ちゃんの言いたいことも分かるのだが、ここは現実ではない。

だからこそ、こうやってさっきと同じシーンを再び体験できるのだ。

「外の様子はもういいかな。やっぱり答えは中にあるとみたよ」

星子ちゃんはザッと見回した。あまりここには見るべきものがないみたいな雰囲気だ。

『やっぱり答えは中にある』という言葉からすると、もしかして星子ちゃんはもうこの怪談話がどういうものなのか見当がついているのだろうか？

「どう？　キミはどう思う？」

「そうだなあ……確か、『痴漢や不審者』への注意喚起の張り紙があったよね。そして、沖江《おきえ》さんは疲れ切った顔で新品の下着を捨てまくっていた。つまり、彼女は誰かにプレゼントを大量に送られていたが、それは悪質なファン……それこそ痴漢と思われても仕方ないようなストーカーっぽい人だった、とか」

「おー！　まさにそれ！　あたしもそう思う！」

星子ちゃんが握っている手をブンブン振ってくれて、僕はとても照れた。

彼女と同じ思考に至れているのが嬉《うれ》しいし、何より足手まといじゃないのが楽しい。

「それじゃ、中に入って解決しよう〜♪」

手を引かれて一緒にドアに入り込む。

沖江さんはさっきと全く同じように、眠りにつこうとしていた。

もうすぐ、水の音がするはずだが……僕はわざと視線をずらす。

「うん？　何か気になるものでもあった？」

「あー、星子ちゃん、あそこ」

僕が指差したのはもちろん、パソコンデスクだった。

星子ちゃんは「うん」と頷《うなず》いて一緒に見てくれる。

……全てが自分の機材と全く同じであることに気付いていないかのように。

僕はその先の答えが全く予想できず、緊張しながら星子ちゃんに尋ねた。

「これ、星子ちゃんの機材と全く一緒だよね。パソコンもデスクも、椅子すらも」

「ん？　あー！　ほんとだ！」

しかし星子ちゃんはまさに今気付いたといった様子だった。

そして自ら近付いていくと、間近でパソコンデスクを見回している。

「ほんとに全部同じだね！　すごい！」

「機材だけじゃなくて、デスクも椅子も、全部おんなじって有り得るのかな？」

僕はちょっと突っ込んで尋ねてみる。

星子《せいこ》ちゃんを疑う……なんてことはしたくないが、この状況にそれなりに納得できる理由がほしい。星子ちゃんを疑わなくていい安心がほしいからだ。

「うーん」

星子ちゃんは真剣な顔で俯《うつむ》いていた。

本気で何かを考えている時の顔だ。その様子からでは、もともと気付いていたのか全く知らなかったのかは判断できない。

「あたしと同じものって、これだけだった？」

「え？」

「キミの持ち物でもいいんだけど。この部屋だと……女の子の部屋だから難しいか。たとえばさっきのAくんの部屋で、自分の持ち物があったりしなかった？」

「どう……だろう？」

Aくんの名前が出てドキッとする。

持ち物は分からないが、顔が僕だったというのは……それに当たるんだろうか？

「そもそも、この怪談話の全てがこんなにリアルなのが不思議だったんだよね。だって、あまりにも『実際にある場所です』感が凄《すご》いでしょ？」

「まあ、この空気だったり匂いだったりも、本当にそれっぽいよね」

「うん、それってもしかしたらだけど……【魔女の怪談話】の仕様なのかも」

「ん？　どういうこと？」

「基本的には怪談の元になった場所や状況が描かれるんだけど、細部はこうやって『体験者』の記憶から引っ張っているとか？」

「体験者の記憶……？」

「そう。Ａくんの時も今回も、ちょっとどこかで見たな～みたいな雰囲気があって。部屋の散らかり方とか、そこかしこにある小物とかね。Ａくんの部屋だとダンボールの形とか模様とか。その既視感って、どこから来るのかずっと考えていたんだけど……こうやってあたしたちの記憶からも再現しているのなら、納得じゃない？」

　星子ちゃんの言葉はあくまで推測だったけれど、それなら……Ａくんが僕の顔だったことも説明できるのだろうか？　体験している僕たちの記憶から細部が作られているのなら、この世界が『本物っぽい』のも当然だ。

　何故《なぜ》なら、僕たちがどこかで見たり聞いたりした記憶をごちゃごちゃに合わせたものだったら、現実味を持っているのは当然と思えるからだ。

　でも、全く知らない建物もある。そういうのはもしかしたら、語《かた》り部《べ》であるあーちゃんの記憶から持ってきているのかもしれない。

　そうでなければ、僕たちが二人とも見たことがないものは再現できないはずだ。

　……と、ここまで納得しかけて、やっぱり心のどこかで何かが引っかかる。

星子《せいこ》ちゃんの説明はとても理解し易《やす》い。たぶん、当たっているんだと思う。

だけど……なんだろう。

もっと怖い、意地悪のような、悪意のような、そんなものがある気がしてならないのだ。

それこそ『わざと』こうやってAくんにしてもパソコンデスクにしても後から気付かせているかのような、誘導めいた意図があるのではないだろうか……？

「沖江《おきえ》さんが配信者だったら楽しそうかも。一緒にコラボしてみたいな」

星子ちゃんはのんきな感想に落ち着いたようだ。

沖江さん、あーちゃん、星子ちゃんの三人でコラボしたら結構人気出るのでは？

みんなそれぞれ特徴のある可愛《かわい》い子なので、ファンも喜びそうだ。

そんなことを考えながら僕たちはようやく沖江さんの方に視線を戻す。

これで彼女の時間は進むはずだ。


ぽたっ。


水滴の音が聞こえてきた。

ぱた、ぱた、ぱたっ。

水滴がどこかに落ちているような音。

それはタンスから落ちている音なのだが、妙に耳に響く。

『んー？　あれ？　雨漏りじゃない、天井？　いや、こっちかな？』

沖江さんがさっきと同じく、辺りを見回してからタンスへ向かった。

上の段、続いて二段目と開けていく。

ぱしゃっという音と共に二段目が引き出されると、そこは水浸しになっていた。

『えっ!?　なんで、なんで!?』

天井を見たり、改めてタンスを見たりして動揺している沖江さんはとても不憫《ふびん》だ。

これだけでも怖いのに、この後もっと怖い目に遭うのだから災難だろう。

「すとーっぷ！」

「は、はいっ！」

突然星子ちゃんが叫んだので、僕はビックリしながら天井を見上げた。

彼女は今の沖江さんをじっくり観察したいようだ。

この時、僕も一緒に見られないのが、なかなか意地悪なシステムである。

どちらかがじっくり何かを観察したい時、もう一人は別の場所を見ていなければならない。だけどこれは、ある意味プラスなのかもしれない。

相方がじっくり観察している時、他の場所がどうなっているのか確認するのはもう一人の仕事だからだ。

だから僕はまず、しっかり天井を見つめてみた。

……さっきのは明らかに雨漏りの音だ。

つまり、そこそこの高さから水滴が落ちないとあの『ぽたっ』という音は鳴らない。

だけどタンスの二段目はそんな高さはないし、そもそもそこから漏れ出してはいない。

じゃあやっぱり最初の水滴は天井から落ちたのではないだろうか？

そして、『ぱたっぱたっぱたっ』と沖江《おきえ》さんを導くように音はタンスに移動した。

これは何か意味があるのかもしれない。

星子《せいこ》ちゃんの意見を聞いてみたくて、僕は彼女の方を見た。

「うーん。水源になっている下着があると思ったんだけど、流石《さすが》に掘り起こしてみないと分からないなあ。でもやっぱり奥の方にあるのかな？」

星子ちゃんは、どうやら『下着から水が溢《あふ》れ出《で》た』と予想していたようだ。

そんなことがあるのかどうかは分からないが、その発想には感心する。

「星子ちゃん、ちょっと考えたことがあるんだけど話していい？」

「え！　うんうん、聞く聞く！　なになにっ!?」

凄《すご》い食いつきようだった。

考察というのは一人でするよりも複数で気付いたことを言い合う方が楽しい。

だから星子ちゃんは僕の話もとても嬉《うれ》しそうに聞いてくれる。

「さっきの音なんだけど……」

僕はさっき思ったことをそのまま話してみた。

天井を見ながらなので時間は進まないまま、二人で考えることができる。

「確かに！　ということは、Aくんの時の幽霊と同じかもよ？」

「と言うと？」

「幽霊は天井から現れた！　何故《なぜ》なら魔女の言い伝えによると『生霊』は水として現れるからね。つまり水そのものが今回は幽霊なのかも！」

Aくんの時、幽霊は床から現れた。

そして今回は天井から水が落ちる音がしたことで怪奇現象が発生した。

ということは……。

僕たちは改めて天井を見上げる。天井というよりは……上の階だ。

「沖江さんに下着を送りまくっていた変質者は上の階に住んでるってこと？」

「もしくは屋上から五階と四階を突き破って落ちてきたことになるね」

水滴が建物を突き破って落ちる様子を想像してしまいつつ。

「でも、ここは確か学生しか住んでないマンションだよね。上の階に変質者というか痴漢が住んでるってことは、犯人はそこに住む学生？」

僕はそんな嫌な予感を口にする。こんな至近距離に変質者が住んでいたら、沖江さんの身はとても危ないだろう。

だけど星子《せいこ》ちゃんはそれを聞いて「あっ」と何かに気付いて目を見開いていた。

「……たぶん……変質者や、痴漢な学生は住んでないと思う」

「ん？　じゃあ星子ちゃんは何に気付いたの？」

「……解決の時に言うよ」

珍しく星子ちゃんが口ごもっていた。

今すぐ話すのではなく『解決』の時に言う……つまり星子ちゃんはもう、この怪談話の概要が分かってしまったようだ。

今までの会話の中にそういったヒントでもあるのだろうか？

「話を進めよ」

星子ちゃんが手をくいくいっと引くので、僕は考えるのを一旦止《や》めて沖江《おきえ》さんを見た。

パシャッと水が跳ねて沖江さんの顔にもかかり。

『ぱたっ』という水気のある足音が聞こえる。

見れば床には濡《ぬ》れた足跡があり……。

「ごめん、すとっぷ」

星子ちゃんの静かな声を聞いて、僕は足跡ではなく沖江さんを見る。

別に謝る必要なんてないのに、星子ちゃんは何に気付いたのだろう？

さっきに比べると露骨にテンションが下がっている。意気消沈みたいな？

「やっぱり足跡は……裸足《はだし》だよ。靴や靴下じゃない」

やっぱりと言われても初耳なのだけど、思い返せばそうだった。

こういう場合の足跡って大抵裸足という先入観があったけれど、星子ちゃんはそこを疑っていたのか。

じゃあ顔に跳ねた方の水はどうだろう、そう思って沖江さんをまじまじと見てみる。

だが、その顔は全く濡れていなかった。

こちらも濡れた下着のように、一瞬で乾燥してしまったのだろうか？

「うん、ＯＫ。進めよう」

星子ちゃんに言われて足跡を見ると、指の跡などからして確かに裸足だった。

その足跡は、僕たちが見ているとぱたぱたと玄関に向かう。

そして『ぱたたたたっ』と走り去っていった。


『今の……なに？』

沖江さんは呟《つぶや》いた後、タンスの全ての段を確かめ始める。

ここで止めなくていいのかな？　と星子ちゃんを見ると、彼女は顎に手を当てて考え込むモードに入っていた。
その後、彼女はスマートフォンで写真を撮ろうとしたが水は引いてしまう。手に取った下着も一瞬で乾いていた。泣きそうになりながらベッドに駆け込み、布団をかぶる。

『助けてぇ……』

死にそうなくぐもった声が布団の中から聞こえた。
ピロッと通知音が鳴り、布団の中で友達とメッセージを送り合っている。
「あのスマートフォンのやり取りは、見られないんだよね？」
星子《せいこ》ちゃんが天井に向けて尋ねると。
『見られないぜ。観測者は今そこにあるものしか見られないのさ』
あーちゃんの声が頭の中に響いた。
今そこにあるものしか見られない。
つまり布団の中に顔を突っ込んで中身を見ようとしても、見ることはできないのか。
さっきのドアのように入れないようになっているのかもしれない。
「友達とメッセージのやり取りだよね。それは本当？」
『それに関しては間違いない。バリバリ沖江《おきえ》さんの友達とさ』

「ん……ありがと」

星子ちゃんはひとつひとつ確かめるが、彼女が慎重な理由が僕にはまだ分からない。

こんな時間まで起きている友達というのがヒントなのだろうか？

でも、確かこの後は……。

僕たちが見ている間に、まるでゲームのスキップモードのようにパパパッと時間が過ぎていった。この間も止めなくていいのだろうか？　たとえば今止めれば、大量の足跡が出てくる原因も調べられるかもしれない。

そう考えて星子ちゃんを見てみたけれど、その横顔は何かに挑むかのように沖江さんに鋭い眼差《まなざ》しを向けていた。普段は朗らかで優しく明るい彼女の、この真剣過ぎる鋭い視線は本当に美しい。アイドルというより、もはやそれは戦士の眼差しだ。

そして時間は飛ぶように経過して朝になる。

『え、何これぇ!?』

悲鳴にも近い叫び声を上げる。部屋には大量の、濡《ぬ》れた足跡。

様々な場所から現れたようなそれは、ベッドに向けて集束していく。

『あぅ……』
沖江《おきえ》さんは布団をめくって確かめた後、ドアから飛び出して行こうとして……。
「この飛び出しを止められたら良かったかもしれないのに」
星子《せいこ》ちゃんはそんな彼女と僕に背を向けて、ぽつりと呟《つぶや》いた。
沖江さんの時間は止まり、朝の光が星子ちゃんをシルエットで映す。
『解決できちゃったのかい？　星子ちゃん』
あーちゃんの声も落ち着いていた。
それは、さっきの星子ちゃんの言葉に同意したかのように。
二人は、何かをとても悔やんでいるように聞こえた。
「うん、この怪談……もっと怖くなるよ」
『ほほう、そいつは楽しみだ』
星子ちゃんの決め台詞《ぜりふ》も、今回は少し力ないものだった。

「推察その一。上の階にいる人が『生霊』の正体」
星子ちゃんは振り向かないまま、繋《つな》いでいない方の指を一本だけ立てる。

それは、僕も薄々そうじゃないかと思っていた。

「今回の『生霊』は、それこそ沖江さんに強い『恋心』を抱いた人物だと思うの。あーちゃん風に言うと、強い『執着心』を。最初はモテモテな沖江さんに下着を送りつける気持ち悪いファンかと思ったけどね。でも、水は天井から落ちてきた。たぶんだけど、その瞬間は天井にも足跡ができてたんだよ。その水が落ちて、ぽたって音がしたんだと思う」

『うむ、それに関してはフェアに返事しよう。実際その通りだ。水は一瞬で蒸発するが、飛び跳ねる瞬間に存在するのは、沖江さんの顔に跳ねたことで証明できるもんな。天井に現れた足跡から落ちた水滴がタンスに向かったのが、音の正体だよ』

　星子ちゃんの推察をあーちゃんがしっかり補強してくれた。

　怪談話を解き明かす時はさっきも協力的だった。

　あーちゃんは、怪談を解明してほしいようだ。

　星子ちゃんは振り向くことなく、指を二本立てて僕に見せる。

「推察その二。上の階にいる人が沖江さんの『友達』である」

「っ!?」

　僕はそれを聞いて息をのんだ。

だって、そうなると。

「沖江《おきえ》さんの上の階の人が『生霊』で、夜中にメッセージをやり取りしていた『友達』ってことなの、星子《せいこ》ちゃん？」

「そう。そして最後にコンビニに迎えに行ったのもね。その後、あーちゃんは『友達の部屋に行った』って言ってたでしょ？　こういう時、全く別の場所に住んでいるなら『友達の家』って言うと思うの。でも、彼女は……怪談話に関してはフェアだから、わざと同じマンションであることを示すために『友達の部屋』という言い方をしたんだと思うよ」

『その通り！　いや、怪談話以外でもフェアなつもりなんだが、よく気付いたな！』

あーちゃんは心底驚いて称賛していた。

星子ちゃんの声のトーンは静かで、どこか物悲しい。

無理もない。

「つまり……沖江さんを怖がらせた『生霊』の正体が友達で、その友達は沖江さんを慰めたってこと？」

とんだマッチポンプだ。自分で怖がらせて、自分で慰める。

そうやって弱った沖江さんの心を自分に引きつけようとしたのか。

そんな卑劣な手段だからこそ、星子ちゃんの気分は下がっているのかもしれない。

「えーと、じゃあ大量の下着のプレゼントは？」

「それも同じ友達の仕業だろうね。おそらく、これは本当にイメージでしかないんだけど。沖江さんとその友達はとても仲良しで、なんなら友達は彼女に下着をプレゼントしたことがあったんだと思うの」

何故《なぜ》か。

星子ちゃんが断定的に言う度に、僕は心臓が痛くなってきた。

沖江さんが信頼している『友達』。

それが『生霊』であり――。

下着なんてものをプレゼントするような、存在。

嫌悪感なのか、不快感なのか、それともそんな友を裏切る人物に対する憎悪なのか。

僕の胸は締め付けられるように痛みを増していく。

そんな僕に気が付くこともなく、星子ちゃんは淡々と推理を続けていた。

「そして、今度はファンからということで大量の下着を送り付けた。住所を知っていたのは当然だよね、上の階に住んでるんだから。それを気味悪く思っていた沖江さんを慰めていたのも、友達自身。そうやって送り続けて気持ち悪いファンのイメージをどんどん植え付ければ、心から安心できる自分を、より頼ってくれるかもしれないから」

「それは……本当に、執着心だなあ……」

純粋な恋心であれば、友達が沖江さんに抱いていても全くおかしくない。

だが、自分を頼らせるために変質者を装って下着を送り付けまくるなんて、いささか気持ちが強すぎる。あーちゃんが『執着心』と言った理由が分かった。

「じゃあ、星子《せいこ》ちゃん。まとめるけど……『生霊』の正体は『友達』で、上の階に住んでいて、彼女を怖がらせた後は自分が慰めるために『生霊』になっていたってこと？」

「うん……」

僕のまとめに頷《うなず》いてくれたのだけど、星子ちゃんは元気がなかった。

『怪談話解決！』と喜びそうなものなのに。

でも、加害者が信頼している友達だったというのに同情しているのかもしれない。

友達に裏で騙《だま》されて裏切られていたという事実はショックだろう。

自分の身に置き換えてみると、とても怖いのもよく分かる。僕が今こうして苦しくて仕方ないのも、恐怖心からなのかもしれない。

まさに『もっと怖くなる』怪談だった。

本当に怖いのは生きている人間だ、系のオチだ。

『というわけで、これにてこの怪談話は解決かい？「生霊」の正体、それは沖江《おきえ》さんが最も信頼していた友達だったのだー！　みたいな？』

あーちゃんが煽《あお》るように尋ねる。

だが、星子ちゃんは首を振った。

そして、重々しい口調で三本目の指を立てて僕に見せた。

「推察その三。沖江さんはもういなくなっている」

「えええっ!?」

その言葉はあまりに衝撃的で、僕は思わず叫んでしまう。

沖江さんも、いなくなっている？　Ａくんのように？

怪談話は、友達の部屋に行った、で終わっていたはずだ。

これはそんな、沖江さんのことが好きな『友達』が彼女に歪《ゆが》んだ執着心を持ったせいで『生霊』となって現れた……という話のはず。

だけど、え？

沖江さんが行方不明？

僕が驚いて口を開いたままでいると、あーちゃんは静かに尋ねた。

『どうしてそう思ったんだい？』

「一言目から気になっちゃって。だってあーちゃん『今回の怪談話は、三〇二号室で一人暮らししていた、私の知り合いだった女子大生、沖江詩穂美《しほみ》って娘さんのお話さ』って言ったでしょ？　なんで〝過去形〟なんだろって。その段階で『あ、実はもういないから

〝いた〟で〝だった〟なのかも？』って思ったんだよねえ。その後もやっぱり『えーと〝Oちゃん〟という女子大生がいたんだけどな』って、やっぱり過去形だったし。これって死んじゃってるんじゃないかと思ったの。だけど、死んでいるわけではなさそうだし？」

まくし立てるように、僅かに僕の方を振り向いて早口で言う星子《せいこ》ちゃん。

その目はいつものようにキラキラしているものではなく、真剣で鋭い光を放っていた。

確かに言われてみれば、彼女の『沖江《おきえ》さんがいた』という言葉は過去形だった。いた、ということは今はいないという意味になる。

「『生霊』の被害で怖がって終わりなら、これはそういう怪談話だけど。でも、もしもその後で沖江さんがいなくなっているなら、それはまた……もっと怖い話になるよね？　だけどそれは『生霊』の話ではないから、語られていないだけで」

人の死が関わったからか、普通にエンタメ怪談として楽しんでいるのではなく。

――このお話を解決しなければならない。

その目の奥にはそんな義務感みたいなものを感じる。

『この段階なのに、もう面白い推察をするじゃないかアイドル』

反して、あーちゃんの声はとても面白がっているように上ずっていた。

言葉の端には挑戦的なニュアンスが含まれており、まるで試すかのようにニヤニヤした雰囲気で星子ちゃんに語りかけている。

この段階とは、何を意味しているのだろう？

まだ二話目の怪談話なのに、そういう真相まで辿《たど》り着《つ》きそうということだろうか？


『じゃあ、ここで問題だ』


直後、辺りの空間が一気に白と黒のモノトーン調になった。

星子ちゃんもさすがにビックリしたのか、僕の手を握る力が強くなる。

僕は絶対にその手を離さない、そう強く誓うかのように握り返した。


問題『私の友達だった、沖江さんはどこに消えた？』


突拍子もない問題だった。

沖江さんがいなくなったことすら推察なのに、更にどこに消えたかだって？

今の怪談話の中にヒントがあったということなのか？

「あの世……とかじゃないよね？」

『だったら素直に死んだって言うよ。まあ生死不明だがね』

「うーん、そうだよなあ～」

星子《せいこ》ちゃんはさすがに思いもよらないらしく、首を色んな方向に傾《かし》げていた。

その仕草そのものはとても愛らしいのだが、問題の内容には僕も混乱している。

「確認なんだけど、この話の後だよね？　友達の部屋に行ったたっていう」

『うむ。その通りさイケメンくん。その友達の胃の中とかではないから安心しろよ？』

「うわっ、それすっごい怖いね！」

星子ちゃんが声をあげた。奇《く》しくも、もっと怖い話ができてしまった。

だけど友達が沖江《おきえ》さんを食べちゃったというわけではないようで安心する。

それにしても、Ａくんにせよ、沖江さんにせよ。

あーちゃんの語る怪談話の被害者はみんな消えてしまっているなあ。

怪談話って神隠しがデフォルトな部分もあるけれど、二話連続とは。

確か【魔女の怪談話】は一晩で三話までっていう縛りがあったはずなので、そのうち二話が神隠しネタとなると、三話目もそうな気がしてしまう。二度あることは三度ある、みたいなこととわざもあるし。

そもそもＡくんがどこに消えたかも分からないのだから……。

そう思いかけたところで。

『消える』という言葉を別の場所で聞いた気がする。

あれは……？

僕は一生懸命に記憶を探った。

「分かる？　あたしはさっぱり！」

星子ちゃんはすっかりお手上げのようだ。

僕の手を握ったままバンザイをしてしまっている。

これだと、僕もお手上げなんだが……。

「ヒントはないの？　あーちゃん」

『残念、ノーヒントだ。諦めたらそこで怪談話は終了だぜ』

とは言うものの、今の僕たちにはどうしても情報が足りないような気がする。

星子ちゃんの方を見ると、力なく首を振っていた。


「はーい、ここまでー！」


パンッ！　と手を叩《たた》く音が聞こえると、辺りはファミリーレストランに戻っていた。

なんだかドッと疲れが出てしまう。

へなへなとテーブルに突っ伏すと、星子ちゃんが慰めるように手をにぎにぎっとしてくれた。これだけで僕は完全回復した。

「やっぱ、星子ちゃんとイケメンくんでも難しいかー」

あーちゃんはやれやれと肩を竦《すく》めている。

もしかしたら、今までの話のどこかにヒントがあったのかもしれない。

だけど、僕と星子《せいこ》ちゃんは辿《たど》り着《つ》けなかったのだ。

星子ちゃんはとても残念そうだけど、改めてあーちゃんに向き直る。

「問題を解けなかった罰ゲームがあったりして？」

「星子ちゃんがエロエロバニーガールになるとかどうよ？」

「いけません！」

大声で反対したのは僕だった。

「星子ちゃんはそういう、色気とか、エッチとか、下ネタとか、そっち路線じゃないんだよぉぉぉぉ！　そういうのは、たまにチラッと出て、本人が気付いてなくて、リスナーが教えて『えー！』って照れるのがいいんだぁぁぁぁ！」

「うわ、なんか面倒くさいファンがいるぞ星子ちゃん」

「あ、あはは、まあ、彼はあたしの一番最初のファンだから、ね」

星子ちゃんが照れているが、それでも僕はエッチ路線を否定するしかない。

今までもこの先も、星子ちゃんにはキラキラ輝いたアイドル道を歩んでほしい。

「んじゃ、パンケーキセットでいいよ」

「それなら、僕が奢《おご》ります」

星子ちゃんがエッチな目に遭うくらいなら、僕の財布が軽くなる方がいい。

それが覚悟というものだった。

「うーん、解決したかったなあー」

「解決はできていたさ。最後の質問は追加ステージみたいなもので……まあ、ここで答えられたら本当に全部が終わってしまっていたんだけどな？」

あーちゃんは意味深なことを言う。

全部終わるって何を意味しているのだろうか？

そもそもここで答えないのが正解みたいなニュアンスも感じる。

……薄々感じていたのだが。

彼女は何かの目的があって、僕と星子ちゃんに怪談を語っている。

それが何かはさっぱり分からないが、どうやら僕たちは近付いてきているようだ。

それがいいことなのか、悪いことなのかは分からない。

『魔女』なんてものの目的なんだから、ヤバいのかもしれない。

ちょっと不安になりながら、僕は星子ちゃんを見る。

「大丈夫、次がある！」

星子ちゃんは前向きだった。

その元気さに、僕はいつも助けられている。

「いいのかい、星子《せいこ》ちゃん？」

「うん？」

「次の話をしてしまっても」

だが、あーちゃんは神妙な面持ちで星子ちゃんに尋ねた。

今までのノリなら『次にいくぜー！』だったはずなのに。

今回は……何か、星子ちゃんに覚悟を尋ねている様子だ。

その雰囲気に気付いたのか、星子ちゃんは明るい表情をスッと消して……。

今まで見たことがない、透明な鋭さを持った笑みを浮かべた。


「もちろん。そのためにいるんだよ」


その言葉はとても強い響きを持っている。

だけど、僕には意味が分からなかった。

あーちゃんは次の話をしていいか尋ねただけなのに。

星子ちゃんは強い覚悟を感じる返事だった。

僕が戸惑っていると、あーちゃんは……。

一瞬だけ、僕を見て目を細めた。

……憐《あわ》れみ？
何故《なぜ》かそう感じてしまう。
僕があーちゃんに何か憐れまれるような、そんな理由が？
いくら考えてみても思い当たらない。
だけど、その目は確かに僕に対して同情的な視線だった。
「ふう……うん。それじゃあ、次の話を始めるよ」
「はーいっ！」
あーちゃんは溜息《ためいき》混じりだったが、星子《せいこ》ちゃんは元気に返事をする。
今のやり取りと、その視線はとても気になったけれど。
僕はそれを口に出して尋ねることもしなかった。
尋ねて答えてもらうのではなく。
僕が、僕自身で理解しないといけないような気がしたからだ。
そんな僕の決意に気付いたのか、あーちゃんは僕を見て静かに笑う。
「次で、色んな意味で最後さ」
あーちゃんの言葉に、僕はなぜか……。
背筋を氷の柱で貫かれるような、鋭い痛みと寒さを覚えたのだった。

【スマートフォンに残されたメモより抜粋】

怪談話を体験して消えてしまった、いなくなってしまった人はどこに行くのか？
別の話に飛んでいったという話だけど。
だとしたら、今もどこかで怪談を体験しているのか。
それとも、いっそ被害者や加害者本人として出演しているのか。

だとしたら、まだそこにいる可能性はある。
その人物らしい痕跡を探れば、その先にいるかもしれない。
だから注意深く見てみよう。
たとえば思い入れのありそうな場所。
思い入れのありそうな人。
思い入れのありそうな物。
そこにきっと。

■怪談話の終わりと始まり

【魔女の怪談話】は、ルール上三話までしか体験できない。

それを超えると、なんだか恐ろしいことになると聞かされた気がする。

だから、これが最後の話だ。

「そうだなあ、こういうのはどうだい？　あるカップルがデートの時、肝試しがてら墓地の横に車を停《と》めていたら……」

「あれ？　それってさっき彼に話してもらったヤツじゃなかったっけ」

その話は僕があーちゃんに遭う前に話した怪談だ。

インターネットで調べたもので、手軽に話せるし星子《せいこ》ちゃんが考察し易《やす》いというのも合わせて選んだものである。

「おっと、かぶっちゃってたか。でも、体験はしてないだろう？」

「たしかにー！　自分で検証してみたかったんだよね！」

言われてみれば、話の内容よりも検証してみる方が星子ちゃんはお好みだ。

僕としても、実際に自分で語ったものがどんな雰囲気だったのかを知りたいし。

それに今回はオチもとっくに分かってるから、心構えもできる。

「そんじゃ、サクサク始めるかい？」

「うん、お願いします！」

あーちゃんと星子ちゃんの態度は全く変わらなかった。

さっきは二人とも意味深な雰囲気を醸し出していたけれど、今ではすっかり平和で楽しそうだった。僕としても、こっちの二人の方が好きだ。


「本日最後の【魔女の怪談話】……始まり、始まり～」


あーちゃんが口にした途端に、ファミリーレストランの風景が歪《ゆが》んでいく。

この光景も見慣れてきたが……。

今回は『バチン！』と何かが弾《はじ》けるような音が聞こえた。

なんだ!?　と思って顔を上げたけれど、霞《かす》んでいく風景の中に変化はない。

バチバチバチ！

だけど、その音は確実に耳に響いている。

「あ、あーちゃん？」

僕が絞り出すように尋ねたが返事はなく。

代わりに、星子ちゃんはぎゅううと痛いくらいに僕の手を強く握ってきた。

ビックリするくらいの強さに驚いて星子ちゃんを見ると、その瞳は鋭く、強く、僕を見つめている。あまりに真剣な綺麗《きれい》な表情に、僕は見惚《みと》れた。

やがてそんな星子《せいこ》ちゃんの顔もモヤの中に消えていってしまい……。


僕たちは、車の中にいた。

僕が運転席に座り、星子ちゃんは助手席。右ハンドルで、なかなか新しい感じの車だった。レンタカー屋さんのマークが貼ってあることから、この車は借りたものだと分かる。ドライブデートをするためにレンタルしたのだろう。ドアのポケットには契約書の入った袋が挟まっていたし、『綺麗にお使いください』と書かれたシールが貼ってある。

そしてこの配置に僕は驚いた。

今まではAくんや沖江《おきえ》さんがいわゆる『被害者』だった。

だけど、今回はそれらしい目に遭うカップルはどこにもいない。

これではまるで、僕たちがカップルそのものになったみたいじゃないか。

「あたしたちがカップル役なんだね」

「そ、そうみたいですね！」

「あはっ！　なんでそんなに緊張してるのっ」

星子ちゃんは僕の横でクスクス笑っている。

幼なじみで推しのアイドルなわけだが、今までに何度も妄想したことがある。

星子ちゃんと正式にお付き合いできたらどんなに幸せだろう、と。

だけど僕は一度もそれを口に出せなかった。

どこかのタイミングで、もしもお付き合いすることができていたら……？

今も、こんな関係が続いていたのだろうか。

それとも、別れてしまってもうなんの連絡も取り合ってない状態なんだろうか。

僕はそうなるのが嫌で、何も行動に移せなかったのだ。

だから……この疑似的なカップルの雰囲気は嬉《うれ》しくもあり、悲しくもあった。

「確か、イチャイチャしてたらフロントガラスがバシバシーって手で叩《たた》かれるんだっけ」

「あー、そ、そうだね、たしか、そうだったよ、うん」

しかも【魔女の怪談話】のルール上、僕の左手は星子ちゃんの右手としっかり手を繋《つな》いでいた。こんなのもう、ラブラブカップルじゃないか。心臓が凄《すご》いスピードで高鳴りまくっているのが分かる。

「イチャイチャしてみる？」

「ふぇっ!?」

星子ちゃんはちょっとイタズラっ子な上目遣いで僕を見つめてきた。

ちょっと体を乗り出して、無闇に近付いてくる。

いやいやいやいやいや、イチャイチャとはなんだ!?

こんな場所でカップルがすることと言えば、それはもうキスだろう。
そんな意識をしてしまうと、星子《せいこ》ちゃんの唇に目がいってしまう。
ああ、薄いピンクでぷりぷりしていてなんて愛らしいんだ。
あの唇が近付いてきたりしたら、僕はもうきっと死んでしまう。
ちょっと想像しただけの今ですら、もう耐えられないほど緊張しているのだから。
「えいっえいっ」
星子ちゃんは左手を伸ばして、僕の頬《ほお》をつついた。
ちょんちょんっと触れる彼女の指先が妙にこそばゆい。
あー、うん。そうそう、これくらいだよな！
これもはたから見れば立派にイチャイチャだもんな！
そうだよな！
残念な気持ちと安堵《あんど》が混ざった大変複雑な心境に、心臓はえらい速くなっている。
「キスでも期待しちゃった？」
「小悪魔！」
ニヤニヤしている星子ちゃんに僕は素直な感想を罵声として浴びせていた。
彼女はそれはもう得意げな表情を浮かべている。
僕の純情は弄ばれているものの、これはこれで嬉《うれ》しいから困ったものだ。

「キスは……じゃあ、全部が上手《うま》くいったらかなあ」

「え？」

どういう意味か尋ねようとした、その時。


激しくバンバンバン！　とフロントガラスが叩《たた》かれた！


その音にビクッ！　と体は硬直する。

分かっていたのに、むしろそれを待つためにイチャイチャしたのに、僕はもうすっかり油断しまくっていたのだ。

僕たちの前にあるフロントガラス。

そこには大量の手の跡がついていた。

ガラスが叩かれる音と共に、手の跡がどんどん増えていくのだ。

とにかくカップルの邪魔をするぞ！　というかのような必死さすら感じる。

幽霊はカップルに恨みでもあるんだろうか。

もし幽霊が男なら、こんなに可愛《かわい》い女の子とイチャイチャしていればキレるのも理解できる。僕も幽霊だったら絶対に怒っていただろうし。

「うわー、ほんとだー！　見てみて！　手のひら！　バッチリ跡がついてるし、手相みたいなものも見えてるよ！　あー、指紋までは流石《さすが》に分かんないかあー！」

星子《せいこ》ちゃんは叩《たた》かれ継続中の窓に顔を近付けて、目をキラキラさせて観察していた。

もうこの段階で検証を始めているらしい。

この後は車を走らせて逃げ出す感じだし、翌朝改めてチェックしたら手形がいっぱいついていた、おしまい。という怪談である以上、ここくらいしか調べる点はない。

「どう？　何か推察はできる？」

星子ちゃんに尋ねると、彼女は目を細めてニンマリ笑う。

「なんにも！　これはもう、ビックリ怪談話だね。被害者との関係性も感じられないし、そもそも被害者役があたしたちになってる時点で、これは考察するようなものじゃないんだよ。あーちゃんも一言も喋《しゃべ》らないしね？」

言われてみれば、あーちゃんの説明は何もない。

単に幽霊と思わしき手が、フロントガラスを叩いているだけだ。特にリズムがあるわけでもなく、ひたすらバンバンしている。

最初こそ驚いたものの、もっと怖い体験をしてきた身としては「こんなものか」という気分に落ち着いてきた。これでいきなり顔が押し付けられる！　とかだったらまだ怖いのだが、この怪談話はここまでなのを既に知っている。

できるとしたら、手の大きさを合わせてみるくらいだった。

僕はハンドルから右手を離してフロントガラスの手形に合わせてみる。

大きさは僕より小さかった。女性の手のサイズと言われたら納得できる。

だいたい、全ての手は同じくらいだった。

と、言うか……大量の幽霊だと思っていたけれど、もしかして一人なのか？

「右手と左手の数はどうだろうね？」

「あー、えーと……」

合わせた手が右手ということは、窓の向こうは左手というわけで。

僕が最初に比べたのは女性の左手だ。

その隣を見ると女性の右手もある。

どうやら両手でバンバン叩いているようだな。

「両手ともあるね。左手もあれば右手もある感じ。もしかしたら一人だけかも」

「なるほど。似たような大きさの手だと思ったけど、確かに……っていうか」

「ん？」

「あ、そっか……うん、なるほどね。そうだったんだ……」

新しい何かに気付いたように顔を上げて。

そのまま、顔を俯《うつむ》かせた。

バンバンと叩き続ける手は止まらない。

だというのに、星子《せいこ》ちゃんはそのまま静かに口を閉ざす。

「そっかあ……全部、繋《つな》がっちゃったなあ……」

再び顔を上げた時。

その顔は笑顔だったけれど……目の端は、ほんの少しだけ濡《ぬ》れていた。

もしかして、泣いたのか？

僕が驚いていると、星子ちゃんは意を決したように頷《うなず》くと……。


——繋いでいる手を持ち上げて、僕の前に見せた。


「これくらいじゃない？　手の大きさ」

「え？」

吸い込まれるように、僕は星子ちゃんの瞳を見つめる。

握っている手の大きさは——まさに、窓の手のサイズと一致しているように思えた。

星子ちゃんは何かを確信したかのように頷くと、そのまま指をゆっくりと絡める。

しっかりと、確かめ合うかのように、強く握り合う僕たちの手。

「星子ちゃん？」

「うん、たぶん……」

星子ちゃんは、繋いでいない方の手をそっと持ち上げた。

「ここから推察するのは、あたしではないの」

星子ちゃんはそう言いながら……。

自分の手を、フロントガラスの女性の手の跡に合わせる。


「キミが考える番だよ。【魔女の怪談話】の解決を」


星子ちゃんの手は、窓についた手の跡の大きさと完全に一致していた。

それぞれの指の長さ。指の広がり、手相まで。

「これって……」

驚く僕に、星子ちゃんは優しい眼差《まなざ》しを向けている。

その目があまりにも静かで……。

僕は嫌な予感を覚えた。


「信じてるからね」

星子ちゃんはそう言うと……。

パッ、と。

繋《つな》いでいた手を離した。

「え？」

両手が解放された瞬間、僕と星子《せいこ》ちゃんの間に突風が吹く。

車の中だというのに、それは真下から吹き上げていた。

星子ちゃんの髪と服がぱたぱたとはためく。

その髪の下で、その両目は優しく細められていた。

『これで【魔女の怪談話】のルール、二つを破った。流石《さすが》に助けられないぜ？』

あーちゃんの声が響くと——。

いきなり。

僕の視界は真っ黒に塗り潰されたのだった。

僕はどうなったのだろう？

視界は真っ暗で、目を開けているのか閉じているのかも分からない。
手を上げてみても感触はなく、体に触れてみても何も感じない。
そもそも僕の手は本当に動いているのだろうか？
手の動かし方ってどうするんだっけ？
体の動かし方って？
当たり前のことが、真っ暗闇にいるせいでよく分からなくなる。
眼《め》の前は真っ暗だし、匂いはないし、何も聞こえないし、息を吸っても何も感じない。
今の僕はどうなっているのか全く分からない状態だった。
このまま……。

真っ暗闇の中に溶けて消えてしまうのだろうか？
普段なら恐怖するであろうその予感にも、心が揺れることはなかった。
この暗闇の中では、怖いとか不安とか焦燥感とか、そういうのは全てなくなるらしい。
つまり、僕の心は安らいでいた。
だからもう意識も閉ざしてしまおう。
こんなにも心地良いなら、このまま消えてしまっても仕方ない。
眠りにつく時のようにリラックスして、僕は全身の力を抜いた。
なんかいい夢が見られたらいいな。
できれば星子《せいこ》ちゃんが笑っている夢がいい。
楽しそうに、得意げに、嬉《うれ》しそうに、はしゃいでいる姿。
たぶん、それは怪談話を聞いて考察している時だろうな。
だったら、夢の中でも星子ちゃんに語るお話を考えておかなきゃ。
たとえば……。
僕の脳裏に、深夜のファミリーレストランで星子ちゃんに怪談を語った記憶が蘇《よみがえ》る。
『最近噂《うわさ》されるようになった都市伝説なんだけど、知ってる？』
『なにそれ！　都市伝説の語り始めとして最高の導入だね！』

『あはは。だったら良かった。それじゃあ【魔女の怪談話】って知ってた？』
『おおお、いかにもな都市伝説っぽさだ！　知らんけど、それでそれで？』
『うん。「魔女」を名乗る少女が現れて、怪談話をしてくれるんだよ。それはなんと！
実際に怪談話を体験できるというものでね？』
『うわっ、マジで!?　体験できちゃうの!?』
『どんなのが【魔女の怪談話】なのか気になる？』
『気になり過ぎてお腹空《なかす》いてきちゃった。ポテト奢《おご》ってくれる？』
『おおう、こんなところでたかられるとは。別にいいけど』
『やったー！　ありがとう【魔女の怪談話】！』

…………？
なんだこの記憶は？
僕はこんな話をした覚えが……。

ある。

いや、あった。

でも、どうしてだろう。

その時、僕が得意げに語っていたその人物は星子《せいこ》ちゃんじゃなくて。

『沖江《おきえ》さん』だったのだ。


僕は沖江さんを星子ちゃんと呼んでいた……？

あれ？

それじゃあ、さっきまでの彼女はいったい誰だ？

「待て、じゃあ僕は？」

微睡《まどろ》みに溶けそうになっていた僕の意識が覚醒する。

星子ちゃんが『沖江さん』だったように、僕は『Ａくん』の姿をしていた。

これにはどんな意味があるんだ？

それに僕が語ったのか？

星子ちゃんに【魔女の怪談話】のウワサを！

『いいのかい、イケメンくん。そのまま眠っていたら、最愛の星子ちゃんと永遠に夢の中でイチャイチャできるんだぜ？』

そんな時、あーちゃんの声が聞こえた。

おかげで余計に目が覚める。

「あーちゃん!?　僕はいったい、どうなっているんだ!?」

『おいおい。それを考える役目は私じゃないぜ?　なんせ私は「魔女」だからな』

魔女。そもそもそれがなんなのかを疑問に思っていなかった。

ある意味、ずっと彼女の魔法にかかっていたのだろう。

だけどどこかで聞いた記憶がある。

確か『信じられた虚構は現実になる』だったか。

幽霊も、怪異も、そして魔女も、そうやって現実になるという話だった。

なら、今声をかけてくれている『あーちゃん』もまた、誰かに信じられたからこそ生まれた虚構なのだろうか?

あまりにも不可思議で、あまりにも不可解な虚構と現実。

うん。

だからこそ冷静に、自分がどうなったのかを考えてみなきゃいけないんだな。

それが星子ちゃんの相方として【魔女の怪談話】に挑んだ僕の役目なのだから。

なら、まずは今この瞬間の一番新しい記憶を探ってみる。それは……。

『星子《せいこ》ちゃんが手を離した』ことだ。

【魔女の怪談話】において、最初に言われたルール。
それが『手を離してはいけない』だった。
だけど星子ちゃんは「信じてるからね」と言って手を離した。
その結果……僕はこの真っ暗闇の中にいる。
だけど、ここに来る直前……あーちゃんの声は違うことを言っていた。

『ルール、二つを破った』と。

僕の知っている限りならば破ったルールはひとつだけだ。
星子ちゃんと手が離れてしまった。
だと言うのに、彼女は二つ破ったと言っていたんだ。
たしか【魔女の怪談話】のルールは三つ。
あーちゃんの言葉をもっとしっかりと思い出してみる。

『【魔女の怪談話】の絶対的なルールは三つ！

一・決して手を離してはいけない。

二・同じ怪談話は二度までしか聞いてはいけない。

三・一日で聞ける話は三話まで。

だぜ！』


このルールのどれに抵触していたのか考えてみよう。

まず、一番はやってしまった。手を離したのはもう紛《まぎ》れもない事実だ。

なら、二番と三番のどちらかを破ってしまったことになる。

二番目の『同じ怪談話は二度まで』に関して言えば、僕たちは実行していない。

Aくんの話も、沖江《おきえ》さんの話も、体験時と解決時に一回ずつの合計二回。

そして窓ガラスバシバシの話は一回だけ。

もしも仮に、僕がファミリーレストランで語ったのまで入れたりするのだとしても、合計二回だからオーバーしていないはずだ。

そうなると……。

『三・一日で聞ける話は三話まで』

このルールを破っていたのだとしたらどうだ？

実際にあーちゃんが語って体験させてくれたのはさっきも挙げた三つだけだ。

だからこのルールも破っていないはず。

いない、はずだが……。

僕は三つ目の話を聞く前の二人のやり取りを思い出す。


『いいのかい、星子《せいこ》ちゃん？』

『うん？』

『次の話をしてしまっても』

『もちろん。そのためにいるんだよ』


あーちゃんは『次の話をしていいのか』を星子ちゃんに尋ねた。

次の話にいくけど準備はいいか？　的な質問だったら「もう話していいかい？」みたいなやり取りになるはずだ。

だが、これがもし『もう三話話しているのに、次の話をしてしまってもいいのか』という問い掛けだったとしたら？

「推察一。……事前に星子ちゃんは今晩【魔女の怪談話】を聞いていた……？」

僕の推察はどうしても疑問形になってしまう。星子ちゃんのように断定して決めつけることができないのはもどかしい。だが、それでも素人なりに考えていこう。

仮に、既に星子ちゃんがあーちゃんから怪談話を聞いていたのだとすれば、さっきのやり取りにも納得できる。

星子ちゃんにとっては四話目になるから、あーちゃんは確認をした。

そうでなければ、ここでわざわざ尋ねる理由がないはずだ。

そして星子ちゃんは、それを知っていたように返事をしている。

『もちろん』『そのためにいる』ということは……星子ちゃんは敢《あ》えて、三話限定であるはずの【魔女の怪談話】を今晩、事前に体験していたのだ。

でも、いつ？　いったい、星子ちゃんはいつの間に怪談を体験していたんだ？

考えられるとしたら、星子ちゃんが僕とファミリーレストランで会う前に、既にあーちゃんと知り合いだった場合だ。

初対面のフリをして出会い、僕に【魔女の怪談話】を聞かせた……。

だが【魔女の怪談話】は二人用。

その場合には僕以外の『手を繋《つな》いでいる人』が必要になる。

確か恋人や家族だと良くないらしいから、僕くらい星子《せいこ》ちゃんに身近な人がいるだろうか？　僕が知らないだけでいるかもしれないけれど、幼い頃から一緒にいる僕に対して、一言も言わないでいる人物なんてあまり現実的ではない気がする。

故に、この『事前に聞いていた』という案は抜けが多い。

だとすれば……。

僕がいない隙に聞いた場合は？

つまり……。


「推察二・僕がトイレに行っている間にサクッと短いのを聞いた……？」


これも考えてはみたけれど、さっきと同じ理由で現実的ではない。

『相方の存在』がないからだ。

ファミリーレストランの中にさり気なくいたのかもしれないけれど、他のお客さんを今夜は見かけていない。だから星子ちゃんが一緒にオカルトを体験するような相手はいないはずなのだ。

そうなると……。

ここで僕は考え込んでしまう。

星子ちゃんのように『推察三が本命です』みたいな戦い方ができれば格好《かっこ》いいのだが、残念ながら順番に想像するくらいが関の山だ。しかも、このどちらの推察も『もう一人の架空の人物』がいないと成り立たないのだから。

『悩んでいるようだなあ、イケメンくん』

「あーちゃん……」

僕が考え込んでいると真っ暗闇の空間にふわっと白いものが現れる。

それは、半透明のあーちゃんの姿だった。

SF映画で見る、立体映像との会話みたいな感じだ。

『ここで私が現れたのはオマケみたいなものさ。勇気あるアイドルにちょっぴり感動した魔女は、最期のチャンスとして勝負しに来たんだよ』

「勝負？　僕と？　星子ちゃんみたいな天才とじゃなくて？」

『そ。魔女は悪あがきをするヤツを見ると楽しくなっちゃうのさ。星子ちゃんもとてもいい藻掻《もが》きっぷりだ。あの状況で手を離すなんて、確信があったってなかなかできるもんじゃない。しかも完全に人任せ、お前さん任せだからな。崖っぷちで二人がぶら下がっていたみたいなもんだったわけだし』

「そのたとえからすると……自らの命を賭けて、星子ちゃんは手を離したということ？」

『そ。しかも、お前さんなら助けてくれるって信じて。おっかないアイドルヒロインだぜ。自分からいなくなっておいて「助けに来い」って言ってるんだ。しかも何も分かっていないヤツに、な』

確かに無茶《むちゃ》だ。

だけど、僕の胸には熱いものが宿っていた。

星子《せいこ》ちゃんは僕を信じて、手を離した。

『信じてるからね』

あの声が耳から離れない。

だったら僕は、頑張るしかないじゃないか。

それが彼女の幼なじみであり、第一号のファンの役目だ。

『だから、せっかくだからお前さんと勝負してやるのさ。お前さんが勝てば、私にできる範囲のことはエッチなこと以外ならなんでもしてあげよう』

あーちゃんをそんな目で見たことは一度もないので、当然エッチな要求をするつもりなんて微塵《みじん》もなかったのだが。

「僕が負けたら？」

『このまま真っ暗闇にいるのかもな？』

なるほど。確かに最期のチャンスだ。

僕はここであーちゃんと対話し、対決し、勝利しなければならない。

星子ちゃんに信じられている以上、引くわけにはいかないんだ。

「……分かった、戦おう、あーちゃん」

『ははは！　その意気だぜ。ちなみにさっきの推察一も二も間違ってるよ。だから今のはノーカウントで、次の推察からまた第一の推察でもいいからな』

「うー……星子ちゃんみたいに上手《うま》いことはできないかぁ」

やっぱり僕が見ようみまねでやっても格好《かっこ》いい推察なんてできない。

そんなことは星子ちゃんも重々承知のはず。

この目の前の魔女に勝つ方法なんてさっぱり分からないし、そもそも何をもって勝利なのかすら曖昧だ。

だとすれば……。

僕にできることは、やっぱり一個一個積み重ねることだけだな。

「ひとつずつ、違和感を覚えたことを思い出すことにする。その中に、あーちゃんに勝つ方法のヒントがあるかもしれないし」

『ほほう、いいぜ、付き合うよ。で、ここまででどんな違和感を覚えていたんだい？』

僕は更に意識を集中し、記憶を探ることにした。


始まりは深夜のファミリーレストランだ。

星子《せいこ》ちゃんに、車のガラスを幽霊の手が叩《たた》くという怪談話をしていた。

その時に聞いた話もはっきりと覚えている。


『本当は〝有る〟はずなのに、語られていない部分っていうのに、なんか真実が隠されているかもしれないじゃん』


本当は〝有る〟はずなのに語られていない部分……。

たとえば……。

「ファミリーレストラン……ウーロン茶はあった。あーちゃんもいた。ポテトもあった。

注文用端末はあった。お客さんは、いなかった……」

一個ずつ思い返してみる。

そしてようやく、僕はひとつの『〝有る〟はずなのに、語られていない部分』に気付いた。

「ウェイターさんやウェイトレスさんが、いない？」

本来なら、注文すれば料理を運んでくるのは店員さんだ。深夜だとアルバイトさんがいなくて、店長さんっぽい人が運んできたりすることもある。だけど、今日は一度も運んでくる人がいなかった。

僕と星子ちゃんとあーちゃんしかいなかった。

どうして存在しなかったのか？

これじゃあまるで。

僕は背筋が寒くなった。


「あーちゃん……改めての推察、その一なんだけど……」

『おう、話してごらん？』


僕はそれがどういうことなのか、まだ分かっていない。

だけど予感があった。

『語られていない部分』に〝有る〟もの。

この【魔女の怪談話】の真実に辿《たど》り着く、と。

「最初から……僕と星子ちゃんは最初から【魔女の怪談話】の中にいた。つまり僕たちがファミリーレストランで怪談話をしていることが既に、怪談話のひとつだった。だから……僕や星子ちゃんなんて人間は本当はいないというのはどう？」

言っていて、とても背筋が寒くなった。

それは『僕』という人間も『星子《せいこ》ちゃん』という人間も存在しないという意味だからだ。

僕たちはあーちゃんが語る【魔女の怪談話】に出てくる登場人物で、つまりこの物語は僕たちではない誰かが聞いているものだとすれば。

あのファミリーレストランのどこかに、話を聞いている観測者がいたのかもしれない。

だけど僕たちからは認識することはできないのだ。

自分自身の存在を否定する推測は、とても勇気がいる。

できれば否定してほしいのだが……。


『……………』


あーちゃんは続きを待つかのように沈黙していた。

その表情からは何も読み取ることができない。

返事を待っている時間がすごく長く感じる。

だから、僕は更に話を続けた。

「モチーフになった人物くらいはいるはずで……たとえば事故物件で神隠しに遭ったAくんは、僕の顔だった。さっき思い出したんだけど、僕が【魔女の怪談話】の都市伝説を語っていた相手は、沖江《おきえ》さんだったんだ。だからAくんと沖江さんは本当に、ファミリーレストランで怪談話を語る仲だったんじゃないかな？　それを、あーちゃんが今は本当の【魔女の怪談話】として誰かに語っている、とか」

まくし立てるように話してみると、あーちゃんはやがて「はあ」と深い溜息《ためいき》を吐《つ》く。

その顔からは感情を読み取れないけれど。

即座に否定されないことが既に答えだった。


『いいのかい？　本当にこのまま、ぐっすり暗闇で眠ってしまわなくても』


それは僕の推察に対する答えではなく、彼女の質問……いや、確認だった。

あーちゃんは当然、全て知っているのだろう。

だからこそ、神妙な態度で聞いてくれたのだ。

「正直な話をすると、目を閉じて何もかも忘れて、星子ちゃんの夢でも見ていたいよ」

僕の声は震えてしまっていた。

なんせ『自分なんていない』という現実を受け止めようとしているからだ。

でも明らかに、今思い返してもファミリーレストランの様子はおかしかった。

あーちゃんの注文はいつの間にか届いていたし。トイレに行く時でさえ他の人の気配を一切感じなかったのだから。

あの場所は既に、彼女の語る怪談話の中だったのだ。

今こうして意識を持って、あーちゃんと会話している『僕』なんていない。

それこそ、存在しない幽霊みたいなものなんだ。

そんな足元が揺らぐ事実なんて、意識に蓋をして忘れてしまいたい。

目を閉じれば、星子《せいこ》ちゃんが楽しそうに笑っている姿が明確に思い出せる。

……そんな理想のアイドルである彼女もまた空想上の虚構存在なのだけど。

たとえ、星子ちゃんも存在しないとしても。


『信じてる』と言ってくれた。


だから僕は、全力を出して彼女の期待に応えるしかないじゃないか。

それが、設定上とはいえ幼なじみにしてずっと彼女を好きだった『僕』の役割だ。

「いいんだ。僕は最後までちゃんと考え抜くよ。僕自身が実は存在していなくても。星子ちゃんが本当はいなくても。それが彼女のファンである僕の務めさ」

『その覚悟は格好《かっこ》いいぜ。だからちゃんと私も応えよう』

あーちゃんはバッ！　と両手を開いて。

『その推察は合ってる！　お前さんと星子《せいこ》ちゃんは【魔女の怪談話】の登場人物だ！　よく辿《たど》り着いたな、凄《すご》いぞ！』

大袈裟《おおげさ》に褒めてくれた。

真っ暗な空間に、彼女の白が華やかに彩りを与えるかのように、元気な声は広い空間全てに響き渡っていく。

『お前さんたちは実在したAくんと沖江《おきえ》さんの事件から生み出された、架空の存在さ』

いざ事実を突き付けられると……驚くほど僕は落ち着いていた。

いや、ショックじゃないと言えば嘘《うそ》になるのだけど。

僕だけじゃなくて星子ちゃんも架空の存在だから、嬉《うれ》しいのかもしれない。

それだけ、この恋心は強いということなのか。

それが設定だとしても、なんとなく誇らしくなった。

『Aくんはさておき、ヒントはちゃんと沖江さんの名前にもあるんだぜ？』

「沖江さんの名前に？」

沖江さん……沖江詩穂美《しほみ》さん、だったか。確かにその名前を聞いた時、僕は違和感を覚えていた。何か気になったのは確かだ。確かに珍しい名前だが、沖江さんって人も詩穂美さんって人もいると思う。え〜と。こういう場合はどうすればいいんだっけな。
『あたしはもしかしたら名前を入れ替えるとか、ローマ字にしてアナグラムにするとかしてあって本当は別の名前だったりするのかも？　と思ってたのに』

あの時、星子ちゃんが言っていた。
試しにやってみよう。
まずは名前を入れ替える……。

『おきえしほみ』

……そうか。『おきえ』と『しほみ』。
名前の詩穂美は入れ替えると『星見《ほしみ》』になるんだな。
星子ちゃんの名前は『星見星子』。
ここで、彼女の苗字《みようじ》になっているのが分かる。
だが『おきえ』はどうやっても『星子』にはならない。
だったら今度は、ローマ字にしてみよう。

『ＯＫＩＥＳＩＨＯＭＩ』

「っ！」

僕はその名前の中に星子《せいこ》ちゃんを見つけ、驚いた。

逆から読んだら『ＩＭＯＨＩＳＥＩＫＯ』。

『いもひせいこ』

この〝いもひ〟の部分はカムフラージュだ。『なんだ逆から読んでも言葉にならない』と思わせるためのミスリードだろう。だがさっきの入れ替えの際、既に『しほみ』の部分を使ったので、同じ箇所はもう使用しないでいい。

そして『ＳＥＩＫＯ』はまさに『星子』だ。

五十音と、ローマ字によるアナグラムを使った偽名。

『星見《ほしみ》星子』は、そうして生まれたアイドルネームだった。

つまり……。

沖江《おきえ》さんは、星子ちゃんだったのか。

だけど僕が見ていた時は顔が（胸の大きさも）全く違っていた。

何も疑わなかったけれど……。僕はＡくんの外見のままなのに、沖江さんと星子ちゃんの姿が全く違うのにはどんな意味があるんだ？

『さて、どういう推察なのか語ってくれよ、イケメンくん』

「あー、えーと。話しながら考えてもいい？」

『あはは！　いいぜ、聞き役をやってやるよ』

あーちゃんは懐の深い魔女だった。

本当は諸悪の根源なのかもしれないのに、僕はうっかり頼ってしまう。

可愛《かわい》い女の子なのにちょっと姉御風を吹かすからだろうか。

頭の中で考えるだけだと訳が分からなくなりそうなので、口にして推察を広げてみる。

「僕と星子ちゃんの怪談……つまり、『大学生の男女が深夜に怪談話を楽しんでいると、そこに魔女がやってきて【魔女の怪談話】を始めた』というのが、僕と星子ちゃんが登場している物語だった。そうだなあ……内容としては『彼らは魔女と楽しく過ごしていたが、最終的に【魔女の怪談話】のルールを破ってしまい、いなくなってしまった』っていう神隠し系のお話そのものだったとか？」

星子ちゃんが最後に手を離し、僕たちはいなくなってしまった。

それがこの物語の結末なのだ。

だから僕は今、この何もない空間にいる。

終わってしまった物語の登場人物はここで、全てを忘れて消えるのかもしれないし。

……また語られる日に、改めて復活するのかもしれない。

もちろん、自分が『物語の登場人物で、架空の存在である』なんて意識はさっぱり持てていない。こう考えている今でも、実感できないのだから。

だけど、そう考えると全ての辻褄《つじつま》が合っていたのだから仕方ない。

ちょっとだけ悲しい喪失感を覚えているものの、そこまで悲観的ではなかった。

なぜなら、また語られる時には僕も星子《せいこ》ちゃんも全てを忘れてしまうとはいえ……再び僕は星子ちゃんに会えるに違いないからだ。

『じゃあ、それが結論でいいんだな。お前さんと星子ちゃんは、また魔女たる私が怪談話をする時に現れるものだ、ってことで?』

「う……念を押されると怖い」

『わはは、しっかりしろよイケメン！』

あーちゃんは爆笑するが、自分の存在をそんな風に認めるなんて怖いに決まっている。これこそまさに『もっと怖くしよう』の真髄だ。聞いている人間そのものに存在の危険が及ぶ怪談話なんて怖いに決まっている。

だけど、仕方ないという気持ちもある。

そもそも僕ことAくんの見た目は、あーちゃんが言う通り割と整った顔をしていた。そして星子ちゃんは沖江《おきえ》さんとは違う外見だが……最高に愛らしい美少女だった。

こんな美男美女の取り合わせがお話の中以外で許されるものか。

「うん、じゃあ僕と星子ちゃんは、そういう存在だったことを、みとめ……」

認めようとした、その時。

何かが僕の言葉を止めた。

辺りを見回しても真っ暗闇なのだけど……なんと言うか、気配みたいなものがある気がするのだ。この真っ暗な場所には僕だけじゃなく、もしかしたら誰かいるのかもしれない。

それこそ僕からは認識できない、この状況を観測している何者かが。

そして、もしもそれが……。

僕同様、物語の人物として消えようとしている星子ちゃんだったら?

もう手の感触はないけれど。

もしもここに彼女がいたら、言いそうなことは想像できた。


『まだまだこの怪談、怖くできるよ!!』


僕の勝手なイメージかもしれない。

だけど耳元で聞き慣れた彼女の声が聞こえたような気がして、辺りを見回した。

確かに、彼女の気配はすぐ後ろにいたような、そんな気がする。

本当はいなくても、そこにはいるかもしれない。
それだけで……僕は勇気が持てた。
『どうした、認めるのかい？』
あーちゃんはニヤニヤしている。
だいたい分かってきた。この顔の時は……まだ何かある!!
「みとめ……みと、め……認めたくないものだな、若さゆえの過ちというものを！」
『どうしたよ突然、有名なアニメのセリフなんて言い出して』
「いや！　若さゆえの過ちでしたから！　認めてませんとも！」
なんとか無理やり誤魔化《ごまか》そうとしたせいで丁寧な言葉づかいになってしまった。
危ない危ない。
うっかり納得したせいで消えてしまうところだった。
耳元で聞こえた星子《せいこ》ちゃんっぽい声に感謝しよう。
そう、まだだ。
まだ、気になる所はある！
だけど、実際僕は何が気になっているのだろう？
改めて、今夜の記憶をしっかり洗い出してみることにする。

Ａくんの『事故物件』の怪談話。

沖江《おきえ》さんの『生霊』の怪談話。

まずはこの二つの中で気になった部分を思い出してみよう。

Ａくんと言えば、ファミリーレストランのトイレの鏡に……僕の顔として映っていた。

つまり僕はＡくんの顔をしていることになる。はっきり言ってあんまり自覚がないのは、記憶が曖昧だからなのか、所詮は登場人物だからなのか。

星子ちゃんに僕の顔がどう視《み》えるのか尋ねるのを忘れていたことを今更悔やんでしまう。

彼女には、どんな風に見えていたんだろう？

あのＡくんの怪談話は、どちらかと言えば【魔女の怪談話】を解決するためのチュートリアルのようなものだった。どんなルールで、どんなことができて、どう解決するのか。

その手順を順番に教えてもらったようなものだ。

そして続いて沖江さんの『生霊』の怪談話が始まった。

こっちは冒頭からして異質だった。

まず、あーちゃんが名前をうっかり言ってしまう。それが沖江詩穂美《しほみ》。アナグラムで『星見星子《ほしみ》』になる名前を敢《あ》えて告げていた。あのタイミングで気付くことができたら、何か変わったのだろうか？

そして【魔女の怪談話】に入る際……。

あーちゃんは僕と目が合うと、初めて見たかのように驚いていた。
そして、何か言っていた。
あの後はすぐに聞いた言葉を忘れてしまったけれど、今なら思い出せる。

『このタイミングで私を見るなんて、やるじゃないかAくん』

彼女は僕のことをハッキリと『Aくん』と呼んでいたのだ。
いつものように『イケメンくん』ではなく。
明らかに僕自身を『Aくん』と言っていたのを、今ならバッチリ思い出せる。
Aくんは登場人物であり、怪談話のモチーフともなった実在の人物でもある。
これは……でも、どういう意味だろう？
『僕』という存在は、架空の登場人物のはずだった。
だけど、あーちゃんは実在する存在として僕を呼んだのだ。
ここから導き出される結論は……。
推察一を否定するものだ。
僕は『事故物件』の怪談話で神隠しに遭った『Aくん』そのもの。
ならば『生霊』の怪談話の被害者『沖江詩穂美《おきえしほみ》』は本物の『星見星子《ほしみせいこ》』だ。

たとえばこういうのはどうだろう？

沖江さんは実際に配信者アイドルをやっていて、そんな彼女にはAくんという幼なじみがいた。彼は沖江さんの配信者用のパソコンや機材を揃《そろ》える手伝いをしていたのだろう。そして深夜のファミリーレストランはそんな二人の怪談話場所。そこで二人は【魔女の怪談話】の話をしたんだ。

いや、それだとやっぱりちょっとおかしくないか？

僕の推察では、僕たちは【魔女の怪談話】というものの登場人物だ。

だから僕は人間じゃないんだと諦めて、消えようとしていたのだから。

だけど、そうではない。

僕という『Aくん』は確かに存在し、星子ちゃんという『沖江さん』が本当に存在していたのだとすると？

「推察……二。Aくんである僕も、沖江さんである星子ちゃんも登場人物ではあるが、実在の人物でもある……つまりこの僕の意識は、本物のAくんのものだ」

僕はそう呟《つぶや》いてみる。

すると……。

『ほほう！　お前さんたちは私が創作した登場人物ではなく、本当に実在している人間だったってことかい⁉』

やたら強い、圧のある言葉遣いであーちゃんが詰めてきた。

その勢いに気圧《けお》されそうになるけれど、僕はなんとか推察を語る。

「うん。【魔女の怪談話】はゼロから作られるんじゃなくて、実際にあった事件や噂《うわさ》から作られるって話だったろ？　だから、解決もできるんだって。『事故物件』の後に発見された白骨死体のニュースも、作り物だったりする？」

『いや、あれは確実に現実で起きたものだぜ。虚構が現実になった例さ』

「良かった。いや、被害者がいるんだから本当は良いことではないんだけど、少なくともあれが現実なら……僕たちの存在だって現実にいたとしてもおかしくはない。だから、僕の意識は……行方不明になっているAくんのもの、だ」

『ふむ、つまり？』

「Aくんがいなくなって、その意識が『魔女』によって登場人物として使われている。キミは【魔女の怪談話】を聞いて……ルールを破って行方不明になった人間を物語の中に閉じ込めて、その意識を登場人物としてそのまま使用しているんだ」

それだと、この気さくで愉快な魔女は恐ろしい化け物になる。

夜な夜な怪談話を求める人の前に現れては【魔女の怪談話】を体験させ……ルールを破った人間の魂をそのまま『登場人物』として利用する。

そして彼らが『自分は架空の登場人物だ』と思い込んだ時に……完全に人格を失わせて、本当に単なる物語を彩る人形にしてしまうのだ。

推察一までは誘導し……そこで絶望、もしくは希望を与えて、事実を忘れさせる。

それがこの魔女の手口なのかもしれない。

僕はそんな恐ろしいものと、今こうして勝負しているのだ。

『いやいや、見事だよAくん。そこまで行き着いたなら、完全解明はもうすぐさ』

だが、恐怖の化け物であるはずの彼女は、僕たちに何かを『解明』してほしがっている。

以前からそう感じていたけれど、僕をAくんと呼びだしたことで確信が持てた。

「つまり僕と星子《せいこ》ちゃんの怪談話には……解決すべきものがあるということなんだね」

『その通り。いや、恐怖の魔女でもいいんだがね。それだけだとつまらないだろ？』

「恐怖以上の何かがあるってことかぁ」

『魔女をやっつけたいなら、それなりに頑張って考えてくれよな！』

ただでさえ怖い想像なのにもっと考えないといけないらしい。

だから、僕は更に記憶を探ってみた。

ポイントの多くはやはり、沖江《おきえ》さんの怪談話の中にあったんだと思う。

沖江さんの友達が『生霊』となって現れた話。

——その『友達』は、彼女の信頼を得るために『変質者』を装っていた。

『友達』は沖江さんの上の階に住んでおり、彼女が最初に頼る人物であり、連絡するとすぐに返事をするほど、親しい間柄だ。つまり沖江さんを常に見張っているほどの執着心を持っているとも言いかえられる。

この話を思い出せば出すほど、僕の胸は痛くて苦しくて仕方なくなった。

人はあまりに誰かを好きになり過ぎると、そんなことをしてしまうのか。

愛し過ぎた結果、自分でも感情の歯止めが利かなくなって……自覚なく『生霊』なんてものになってしまうのだろう。

彼女が眠っている時に部屋中を歩き回り、何度も何度も沖江さんのベッドに近付くなんて『友達』の恋心はもう常軌を逸して暴走してしまっている。

だけど。

僕はこの話を想像する時に痛む胸に、覚えがあった。

好きで好きで仕方ない。自分のものにならないのなら、最大の信頼を得る立場にい続けたい。できれば、自分だけを頼りにしてほしい……そんな熱狂的なまでの執着心。そんな感情に……僕は、覚えがあったんだ。

「あっ……」

だから、この痛みの本当の意味を知ってしまう。

認めたくないものだな、というのは口を突いて出たアニメのセリフだったのに。

今の自分は、自分を認めたくないほどの罪悪感を覚えていた。

まさか、そんな。

でも、それなら……話が全て通ってしまう。

『どうしたよ。やっぱり解明なんかせず、単なる登場人物として眠っちまった方が、もしかしたら全員幸せになるんじゃないかい？』

あーちゃんは『どうした』と尋ねつつ、もう答えを知っているかのように囁《ささや》く。

決まっているのだ、答えは。

これは僕と彼女の物語。

だからこそ、ちゃんと——思い付いてしまった推察は、口にしなければならない。

「沖江さんに、あんな仕打ちをしていた『友達』は……いや……それは……」

苦しい。胸が凄《すさ》まじく痛い。これを口にしたら認めてしまう。

この罪悪感の本当の意味を知ってしまう。

逃げ出したいくらいにヤバい。心の奥底から気持ち悪さが溢《あふ》れ出《で》る。

でも……。

でも彼女は、もっと気持ち悪い思いをしたんだ!!

「それは『僕』だ。沖江《おきえ》さんの幼なじみで、ずっと怪談話をしたりしながら、モテる彼女の味方をして……変質者を装って恐怖心を煽《あお》り、心を引き留めておきたいと願った、僕こそが『生霊』の正体だったんだ……」

目からは涙が流れてきた。

そんな資格はないのに、自分はやっぱり自分を哀れんでしまった。

そんなことも忘れて、何が『星子《せいこ》ちゃんが好き』だ。

彼女を追い詰め、苦しめて、泣かせて、それを慰めたのは全て僕だった。

沖江さんはあの怪談話の後『友達』の部屋……つまり、僕の部屋に来た。

そこできっと、何かがあったのだ。

——だから、いなくなってしまった。

何があったのか思い出せないし、他人事《ひとごと》のような気すらするけれど。

全ての元凶は僕だった。

『よく、ちゃんと口にしたな。それが正解さ』


あーちゃんの言葉は厳しいけれど優しかった。

こんな僕が優しさを受けるなんていけないのに、彼女は魔女だからなのか、悪に走った人物に対しては優しい言葉を投げかけるのかもしれない。

こんなことなら、解明せずに消えてしまった方が良かったのかもしれない。

沖江さんだって、幼い頃から信頼していた友達に裏切られたのだと知れば、もう二度と会いたくもないだろうし、なんなら全てを忘れて消えてほしいと願うはずだ。

だから、なのだろうか。

この【魔女の怪談話】とは、僕が勝手に理想像のように描いていた偶像《アイドル》、〝星見《ほしみ》星子〟と過ごさせることで、現実を突きつけ、罪の意識をきちんと植え付けるためのシステムだったのだろうか。

だとすれば、完璧だ。さっきまでの僕は、確かに星子ちゃんといることで死ぬほど浮かれていた。彼女の笑顔、明るい声、鋭い視線、優しい手の感触、漂う香り……全てが愛《いと》しくて愛しくて仕方なかったというのに。

あれは本物の沖江さんではなく、僕が勝手にイメージしていたアイドル像。

『お前が好きで執着していたのは、お前が脳内で勝手に描いた存在だ』と。

そう思い知らせて地獄の苦しみと後悔をこの暗闇で味わうための架空の存在。

だから……推察『登場人物である』に対して、あーちゃんは『合ってる』と言った。

正解ではなく、部分的には合っているからだ。


「本当に……気持ち悪い男で、ごめん……」


ぽたぽたと流れ落ちる涙こそ、まさに『生霊』の水滴のようだった。

どうせこんなものはすぐに乾いて消えてしまう。

そんな暗喩すら感じるほどに、僕の涙なんて薄っぺらいものだろう。

『知りたいだろうから、順番を話すぜ。まず、お前さんたちの物語は……「生霊」から始まったんだ』

「生霊から……」

そう言われて、頭の中にイメージが湧いてきた。


僕は……あの朝。

沖江《おきえ》さんが『生霊』に遭遇した日の朝。

僕の部屋で怖がっている彼女を見て、慰めるつもりで後ろから抱き締めた。

彼女は震えながらも、すっかり安心してその身を預けてくれた。

その時の僕のドス黒い歓喜は、言いようのないほどの恍惚《こうこつ》をもたらしたのだ。

これでもう、彼女は身も心も僕のもの。

なんならしばらくは僕の部屋に住めばいいとすら思った。

入念に準備して、絶対にバレないように気持ち悪いプレゼントを繰り返し、表では信頼できる古くからの友人として過ごした。当初こそ罪悪感があったが……その時の達成感は体の芯から震えるほどのものだったのだ。


彼女と初めて結ばれたのもその日だった。


沖江さんの恐怖心に付け込んで、彼女の不安を上手《うま》いこと利用し、その体を手に入れることにまんまと成功したのだ。

あの『みんなから愛される沖江詩穂美《しほみ》』と結ばれたという喜びは尋常ではなかった。

様々なファンたち、これまで彼女を口説こうとしてきた男たち、彼女に密《ひそ》かな恋心を抱いていた友人たち。全てに『勝った！』と思った。

だが――。

すぐに虚《むな》しくなった。

理想と現実のギャップのせいで、心は完全には満たされなかったからだ。

空想上の『沖江詩穂美《おきえしほみ》』は完璧だったのに、実際に手に入れた彼女はただの女の子だった。当たり前なのだが、表情も、声も、感触も、妄想していたものとは全て違っていた。

結ばれた後は、長年憧れ続けた女性ではなく、単なる人間になってしまい……人として付き合う必要が生まれ、我慢したり、わがままを言われたり、軽いことで喧嘩《けんか》したりして……なんだか面倒なことの方が多くなってしまった。


結果、僕は——彼女から逃げたんだ。


『お前さんは、手に入れちまった偶像がただの人間だったことを知り、逃げ出すように引っ越した。彼女と話したオカルト話なんて辟易《へきえき》してしまったお前さんは、事故物件なんて恐れることもなく、単に安くてすぐに入居できるって理由でそこを選んだ』

あーちゃんが淡々と、怪談話ではない『僕』のことを語っている。

その話もすぐに思い出せた。

『沖江詩穂美』に連絡することもなく、もともと住んでいた学生用マンションから駅で二つも離れた町に住むことにしたのだ。

あの時はもう、オカルトなんて全部作り話だと思い込んでいた。

そしてそれを楽しみにしていた『沖江詩穂美』にもう興味を失《な》くしていた。

だから合コンに行って新しい女を探していたのだが……。


その夜、僕は本当の心霊現象に出遭ってしまったのだ。


水道からは髪の毛が、風呂場からは血のシャワーが。そして逃げようとしても開かないドア。僕を追い詰める、白い服の少女……。

その時に浮かんだのは。

僕の用意した怪談話を楽しそうに聞いていた、詩穂美の顔だった。

この体験をあいつに話してあげればきっと喜ぶ。

そして色んな検証をしたがるに違いない。

心からの笑顔で、美味《おい》しそうにファミリーレストランのポテトを食べるのだ。

勝手な理想を押し付けて、さんざん傷付け、逃げ出しておきながら。

僕が最期に思い出し、そして縋《すが》ったのは彼女だった。

『そうして、お前さんは消された。本物のオバケやら幽霊などの怪異に殺された人間の死体が出ないのはどうしてだと思う？　それは幽霊の怪談話の一部に犠牲者っていう登場人物として取り込まれるからさ。まあ、死体が残る系の話なら別だがね？　そんなわけで、お前さんが登場人物というのも本当なんだよ。怪談話に取り込まれたお前さんは名前なんてなくなって、単なるＡくんになっちまっているのさ……』

あーちゃんは深刻そうな面持ちでそう言った。

その通りだ。

思えば最初から僕は僕の名前を知らない。Ａくんと言われても実感できていない。そもそも自分の顔すら他人のもののように見えてしまっていたのだから。これが、大好きだった女性を陥れて裏切って逃げ出した男の末路なのだ。

このまま消えてしまうのに相応《ふさわ》しい。

そう思っていたら、あーちゃんは不敵に、ニヤリと笑って付け加える。

『登場する怪談話が、解決されるまでは……な？』

「解決されるまで……？」

ついさっき。

『星子《せいこ》ちゃん』がその怪談話を解決していた。

いや、待ってほしい。

だって星子ちゃんは、それこそ架空の人物だ。

『沖江詩穂美《おきえしほみ》』という人間に僕が勝手に抱いていたアイドルの幻想。

そんなものとして現れた、存在しないアイドルのはず。

僕のように、彼女の中に沖江さんの意識が入っているとも考えられない。何故《なぜ》ならあまりにも性格が違うからだ。

ただの登場人物に過ぎない、架空のアイドルが解決したことで、何かが変わった……？

『どういうことか分かるかい？』

「いや……いや、全く分からない……」

だが僕は今、自分のしたことに完全に打ちひしがれていた。

星子ちゃんの『信じてる』なんて言葉だって、都合のいい幻想だと思っていた。

だけど、だとしたらそんな存在が僕が取り込まれていた怪談話を解決した？

いや、まさか。

だから僕は今こうして、真っ暗闇の中でも自我を持って会話や考察ができるのか？

【魔女の怪談話】は、その物語の裏側を推察することで、それが解明されれば幽霊や怪異は浄化、解放されるというシステムがあるっぽいのは確かだ。星子ちゃんが『生霊』の怪談話について『沖江さんもいなくなった』という事実を解明したことで、あの『事故物件』の幽霊のように僕の魂みたいなものも解放された、とか？
でも、じゃあ、だとしたら。
『星見星子《ほしみせいこ》』ってなんなんだ？

『じゃあ、最期の問いをしてやろう』

あーちゃんはビシッ！　と僕に人差し指を突きつける。
僕は心臓が止まるほどドキッとした。
これが、最後……いや『最期』。
つまりこの人生において、彼女からの問題はもう存在しない。
この問いの答えで……魔女はもう僕の前から姿を消す。
これが、魔女に『勝つ』ラストチャンスだ。

問題『私の友達だった、沖江《おきえ》さんはどこに消えた？』

さっきも聞いた問いだ。
そして、僕も星子ちゃんも答えられなかった問題だ。

今なら分かるというのか？　『生霊』の怪談話から解放された、僕本来の思考。

この状態であれば、その問題に解答することができるのか？

混乱する頭ではあったけれど……。

なんとなく、星子ちゃんの気配を強く感じる。

だから僕はしっかりと考え込むことにした。


——沖江さんにとっては、それまで信頼していたであろう僕が突然いなくなったことになるはずだ。僕の失踪後、変質者からのプレゼントも止まり『生霊』も出なくなったことで、聡《さと》い彼女のことだ。もしかしたら僕が犯人だったと気付いたかもしれない。

恨んだだろうか。憎んだだろうか。苦しんだだろうか。絶望しただろうか。

それら全ての感情から逃げたかったからこそ、僕は行方を眩《くら》ませた。

彼女にとってはまさに『神隠し』のようなものだっただろう。

『今回はヒントをやろう。四話目を経験しているからな』

「四？　あ、そっか。車の話は四話目なんだった」

『ちゃんと、そこは行き着いていたんだな、えらいえらい』

適当に褒められてもあまり嬉《うれ》しくない。

だけど、ヒントがもらえるなら黙っていよう。

『つまり四話目がヒントさ』


たったそれだけのヒントで辿《たど》り着《つ》けるんだろうか？

自分の罪を知った僕なら……。

怪談話の被害者という登場人物になっていた僕が解放された今なら？

きっと、あの段階で気付いたらそれこそ驚かれるべきもの。

そして、四話目を経たからこそ導かれる答え。

だから思い返してみる。

あの『車のガラスを叩《たた》く手』について。

「あの話だけは、僕も星子《せいこ》ちゃんも観測者ではなく、登場人物になっていた……つまり、あのお話は完全に僕と星子ちゃんが登場人物の話なわけだよね」

『そうなるな。被害者っていうのが存在しない以上、あの怪談話は大したモチーフもない本当によくある、ディテールも詰められていない……【魔女の怪談話】には相応《ふさわ》しくない、外伝みたいなもの。だからこそ、観測者が体験するだけの薄い話なんだよ』

頬《ほお》をつつくというイチャイチャを思い出して、なんだかまた泣きたくなった。

あんな幸せを与えてくれた彼女はもういない。

手を離した以上、ルール通りなら彼女は怪談話に閉じ込められてしまったはずだ。

あの手の感触を思い出して……。


「っ！」


そこまで考えて、僕はハッとした。

あのガラスに付いた手の跡は、星子ちゃんの手とピッタリ同じだった。

彼女はそれで全てを察していた。

つまり……。

「あのバンバン叩く手は……星子ちゃんの手ってことか？」

車の内側にいた星子ちゃんと、車を外から叩く星子ちゃんがいたことになる。

【魔女の怪談話】のルールだと、ルール破りをしたら『その怪談話に閉じ込められる』。

星子ちゃんは僕の手を離したことで、あの『車を叩く手』の怪談話の中に閉じ込められたということなのだろう。

いや、待て。

『星子ちゃん』は僕が沖江《おきえ》さんに抱いていた幻想から生まれてしまった、空想上のアイドルのはずだ。そんな、存在すらしていない女性が、閉じ込められた？

そうじゃない。そうじゃないぞ。

『星見星子《ほしみせいこ》』のモチーフは『沖江詩穂美《おきえしほみ》』なわけで。

だとしたら手の大きさも同じじゃないか？

いやでも胸のサイズが違うよな？

その部分だけ僕の妄想が……？

――いや、もしも。

もしも、あの『星見星子』という存在そのものが……。

敢《あ》えて僕に見せていた姿だとしたら？

「とても、都合がいい話になってしまうんですが……」

『どうしたよ丁寧語になって。今やってるのは推察だからな？　都合よく考えようと支離滅裂な妄想だろうと、最終的に解決に届くんだったら何を考えてもいいんだぜ？』

何を考えてもいい。

だとすればこう考えることもできる。


あの『星見星子』の中身もまた『沖江詩穂美』だった。

彼女は僕と本物の【魔女の怪談話】を体験したくて、あの姿になっていた。

そして最後の瞬間に、自分が沖江さん本人だと気付いて……手を離した。
僕を『信じて』。
いや、あれが沖江さん本人なら何を信じられると言うんだ？
彼女の信頼を完全に裏切って逃げた男の何を？
もう一度信じようなんて気になったりするのか？
だけどまだ。
まだ――。
彼女が僕を信じてくれていると言うのなら。

「本物の沖江さんは……『車を叩《たた》く手』の怪談話の中で……窓を叩いている」

これが意味することは本当に怖かった。
僕を信じている彼女が、あんなに必死に。
まるで『助けて』とでも言うかのように叩いていたのだ。

『大正解だ。沖江さん本人は今でも、あの物語の中にいるぜ』

「でも、あんなにたくさんなんて！　それじゃまるで！」

まるで。

今まで、もうずっと長い時間、あそこに閉じ込められているかのようじゃないか。

『実は、「魔女」という怪異である私に出遭ってしまった「沖江詩穂美《おきえしほみ》」本人はとっくにいなくなっている。どこにいるかと言えば、今も言ったようにあのくだらない怪談話の中だ。そして――私は彼女の意志を持った……いや、継いだと言うべき存在である星子《せいこ》ちゃんに、必ずあの四話目を語っているのさ。どうしてか分かるかい？』

「いや……分からない……」

僕が呆然《ぼうぜん》としていると、あーちゃんはニヤリと笑って……。

その瞬間、僕の知らないイメージが頭の中に走った。


そこは、深夜のファミリーレストランだ。

いつも沖江さんと僕が語り明かしていた馴染《なじ》みの店。

客はほとんどいないが、ちらほらとは存在しているし、店長さんがご飯を運んだりしていることから、どうやらさっきまで僕たちがいた空想の場所ではなく『現実』のファミリーレストランのようだ。

そこに……沖江さんは一人だけで座っていた。

スマートフォンを見つめる視線は弱々しく、顔にも体にもひどい疲労が見てとれる。

そんな彼女の向かいの席に……『彼女』は座った。


「ちょっといいかい、お一人さん？」


髪も服も真っ白な少女は、まさにあーちゃんだった。

「【魔女の怪談話】を調べまくっているのはあんたでいいんだよな？　えーと。ハンドルネーム？　芸名？　は『星見《ほしみ》星子』ちゃんか」

沖江さんは顔を上げる。

頰《ほお》はこけて、目にはくまが出来、体もやせ細ってしまっているのに。

その目にだけは強い意志の光が輝いていた。

「貴女《あなた》が『魔女』なんですね。まさか本当に出会えるなんて」

「わははは！　まあ私みたいなオバケというか怪異みたいなものは、意外とその辺をうろうろしているものさ。特に、生と死の狭間《はざま》に足を突っ込んだような人間の前に現れ易《やす》い。今の星子ちゃんは、そろそろ死にそうって顔しているぜ。目、以外だけどな？」

「すみません、死ねません。あたしは、絶対に許せないことがあるんで」

シーンを見ている僕の胸がぎゅうっと縮まるような感覚。

　あまりの激痛に悶《もだ》えそうになるが、僕は目を逸《そ》らしてはいけない。

「なんだ、恨み言のために生きてるのか。憎しみは身を滅ぼすと言うが、憎しみで生きているってヤツも結構多いしな。それで？　魔女に誰か呪い殺してほしいのかい？」

「いえ、殺すなんて生ぬるいんで。もっともっと思い知らせるために……貴女《あなた》の力が必要だと思って、探して探して、探し抜いて、連絡しました」

「はは！　いいねえ。そこまで存在を信じられたなら、私だって現れるさ。それに私も、悪いヤツをただ殺してあげるなんてのはもったいないって思う口さ。できるだけこの世の地獄を味わわせてやりたいもんな。いや、できれば死ぬまで救われないでほしいとさえ思うね。なんせ魔女だからな」

「ああ……でしたら、あたしも魔女の資格があるかもしれません」

　沖江《おきえ》さんは、柔らかく優しく、慈母のような笑みを浮かべて頷《うなず》いた。

　死ぬまで救われない報いを受けてほしい。その願いは、相手の生を望むこと。

　つまり、それは神聖な祈りとすら言えてしまうのかもしれない。

「で？　実際は何をしてほしいんだい？　先に言っておくとそれなりな代償を支払ってもらうことになるぜ？」

「それは構いません。むしろ、あたしの体と魂を賭ければ何か出来たりしますか？」

「語《かた》り部《べ》たる魔女にできることなんて、新しい物語を作ることくらいさ。お前さんが楽しませてくれるんなら、その魂を生贄《いけにえ》にすれば面白い登場人物にしてあげられるよ」

「生贄になれば、登場人物が生み出せる……なるほど」

沖江さんは深く納得したように頷くと、まっすぐにあーちゃんを見つめて。

「【魔女の怪談話】を。あたしと、彼にしてほしいんです」

「ほほう？　それはメールに書いてあった『事故物件』に引っ越したと言う？」

「はい。可愛《かわい》いですよね？　完全に逃げ延びたと思っているみたいで。逃がすわけないのに。むしろそこに住むよう、私に仕向けられたのも気付かないんですよ」


え？


僕があの『事故物件』に住むように仕向けられた？

どういう……ことだ？

「あたしを、怪談話の登場人物にしてください。そうですね……『最高に素敵なアイドルである星見星子《ほしみせいこ》と、その彼女のことが昔から大好きな幼なじみの青年。そんな二人がいつものように深夜、ファミリーレストランで怪談話をしていると、そこに一人の魔女が話しかけてきた……』みたいなお話です」

「ほほう！　なるほど、モチーフは既にあるわけだ。だが、その彼は今どうしているんだ？【魔女の怪談話】は二人じゃなきゃ体験できないぜ？」

「それならご心配なく。とっくに捕まえて、意識を失わせて監禁していますから。【魔女の怪談話】そのものは、あたしのお家《うち》でしてください。眠っている彼の手を握りながら参加しますので。実際の家を見てくれた方が、風景の描写も詳しくなるでしょう？」

……？

沖江《おきえ》さんは何を言っているのだろう。

僕はこの時、事故物件に住んだせいで『怪異』の少女に襲われてしまっているはず。

だから既に『被害者』として怪談話の中に取り込まれて、この世界にはいない。

なのに、捕まえて、監禁……？

——その時、星子《せいこ》ちゃんの推察を不意に思い出した。


『推察その一。これは普通に殺人事件だった説！』


あの時は『犯人』が普通に部屋に入ってきたという推察をしていた。

そして幽霊のフリをして、彼を殺したという内容だった。

まさか、あの推察は……本当にあった……？

ということは、僕は本当はあの部屋の幽霊に襲われて神隠しに遭ったのではなく。

——本物の沖江さんに監禁されているから、行方不明になっているのか？

「ははは、用意周到だな！　いいぜ、お家で話そうか。その事故物件についても詳しく教えておくれ。もしかしたら本当に浮かばれない幽霊がいるのかもしれないし」

「ああ、いたら素敵ですね。あたしはともかく……あたしと彼の理想で作られたスーパーアイドル『星見星子《ほしみ》』であれば、その謎も解決してくれるかもしれませんよ」

「お？　と言うことは、沖江さんは自分がその『星見星子』になるのをご希望かい？　そうなるとあんた自身の記憶も意識も全部消えちまう可能性があるわけだが……」

「全く構いません。あたしが昔から望んでいるのは、どんな世界でもいいので、永遠に彼と過ごせる場所にいることです」

「いいねえ、私はそういう覚悟が決まった壊れた女が大好きなんだよ」

「ありがとうございます。あたしも、彼の次くらいに貴女《あなた》が好きになりそうです。せっかく、彼から好きになるように育てたんで、一番は譲れませんけどね」

魔女と彼女は、穏やかに笑い合っていた。

僕は背筋が寒くなる。

沖江さんは『昔から』と言っていた。

つまり、僕たちは相思相愛だったようだ。

だけどそのニュアンスは、ずれている。

――もしかして。

僕は、彼女のことが好きになるように誘導され続けていたのだろうか？

それこそ、気持ち悪い執着心を抱くようになるよう、仕向けられていた……？

「【魔女の怪談話】の二話目は、あたしがされたことをお話しください。『生霊』になるまで、好きになってくれるなんて……ふふっ、今思い出しても、幸せなんです」

「ほいほい。『生霊』になるなんて、才能のある変態だよな」

「でしょう？　そこまで執着心を持たせるの、結構たいへんなんですよ。ふふっ」

沖江《おきえ》さんはとても魅力的に笑っていた。

だからこそ、その笑顔には深みというか……偏執的なものすら感じる。

「ともあれ了解したぜ。三話目は？」

「何か適当なお話で構いません。そこで『星子《せいこ》』がルールを破ることで、あたしはそのお話の中に閉じ込められたいのです」

「ほほう！　【魔女の怪談話】のルールをわざと破るのか？」

「そういう怪談にしてくださいませんか？　配信者アイドルの星見《ほしみ》星子と彼は、最終的にそこでお別れになるんです。そうすれば……貴女《あなた》がこの怪談話を誰かに語る度に、あたしは『星見星子』という登場人物として生まれ、彼は何度もあたしを失う度に絶望して悔やんで悲しんで求めてくれるのですから」

「何度も何度も、ね……ふふっ、いいぜ。あんまりにも面白い提案だから、魔女がちょっとだけオマケしてやるよ」

「オマケですか？」

「もしも、その男の自我が完全に目覚めて、怪談話の中で解決できたりしたら……この真実を見せて、選択を委ねてみようじゃないか」

「それは素敵ですね……ぜひ、お願いします。二人で作り上げた理想のあたしと無限にお話の中で生きるのか、それとも現実に戻ってあたしとずっと過ごしてくれるのか」

「楽しみにしてるといいぜ！」

二人の女性はそう言って笑い合っていた。

僕は混乱している。

今の光景はとても信じられたものではない。

だというのに、確信してしまっている。

沖江詩穂美《しほみ》という人は、そういうことができる人間である、と。

「詩穂美……」

自然と口を突いて出たのは、彼女をずっとそう呼んできた名前だった。

まさか、あんなに強い意志を持っていたなんて。

僕は自分の意志で動いていたつもりだったけれど、全部彼女の手の上で踊っていたに過ぎなかったのだ。

僕が彼女に憧れのような恋心を抱いているのをとっくに知っていて、それを利用してこうなるように仕向けた。

いや、もしかしたら。

僕が幼い頃、詩穂美《しほみ》を好きになるようにしたのも彼女の思惑なのかもしれない。

体の芯を激しい寒気が襲った。

最愛の幼なじみだと思っていた女性は、もっと黒く薄暗い感情を秘めていたのだ。

それを恋と呼ぶのだとすれば、なんて恐ろしい気持ちなのだろう。

僕の本当の体は現在、詩穂美がどこかに監禁しているらしい。

その体はどうなっているのだろうか？

あの言い分だと……とっくに逃げられないようにしているに違いない。もしかしたら、最悪な想像だが手足を切断されてしまっていたりする可能性だってある。

そうでなくても、少なくとも逃げ出せないように拘束くらいはされているだろう。

僕がずっと恋い焦がれていた彼女は、僕なんかよりももっと狡猾《こうかつ》で恐ろしい女性だった。

お互いの恋心という執着心の行き着いた先。

僕は彼女をストーキングして慰めるなんて変態性を抱き。

彼女は僕の身も心も完全に支配するように動いていた。

そして……。

永遠に『怪談話』の中で僕と過ごすという物語を望んだのだ。

あーちゃんがこの話を語り継ぐ限り、僕たちは永遠に出会えるのだから。


『と、いうのが結構前の話さ』


あーちゃんは口元にニヒルな笑みを浮かべている。やれやれと肩を竦《すく》めて見せる仕草が、とても様になっていた。

『この怪談話はとても評判が良くてね？　今までに最低百回以上は誰かに話しているよ。まあ、お前さんは登場人物だから観測者には気付けないだろうけどな』

「毎回誰かがこの話を聞いているってことなのか」

その度に、僕はあのファミレスで星子《せいこ》ちゃんと過ごしているのだ。

記憶も実感もないけれど、おそらく毎回幸せな気持ちになっているだろう。

これが『怪談話の登場人物』になるということ。

あーちゃんが語らなくなるまで、永遠に僕は星子ちゃんと仲良く過ごせるのだ。

いや、もしかしたら。

あーちゃんの語る怪談話を何かに記録したりすれば。

本やデータとして残したりすれば、それこそあーちゃんがいなくても僕たちの物語は残り続ける——。

それが、永遠ということなのか。

「彼女は……星子《せいこ》ちゃんは……いや、詩穂美《しほみ》は今もずっと四話目の中に？」

『そうだよ。もっとも「沖江《おきえ》詩穂美」なのか「星見《ほしみ》星子」なのかは分からないけどね。でも凄《すご》いことだぜー？　どっちの意識なのか、それとも単に執着心だけが残っているのかは分からないが、まだあの怪談話の中でずっと、信じて待ってるんだろうし』

「信じて待っている？」

何をだろう。

少なくとも僕は星子ちゃんという架空のアイドルと一緒に過ごし続け。

最後の話で僕の連続した意識は消え去り、彼女の意識だけがあの怪談話に囚《とら》われる。

それをもう何度も何度も繰り返したはずなのに。

彼女はいったい、何を信じているのだろう？

「分からないな……いったい、何を信じているんだろう……」

『そんなの簡単過ぎるだろ』

あーちゃんがキッパリ言うので、僕は問いただすように彼女を見つめる。

　すると、あーちゃんは『はあ、やれやれ』とやっぱり肩を竦《すく》め。

『お前さんが、いつか本当のことに気付いて、迎えに来てくれるのをさ』

　あーちゃんの目は呆《あき》れながらも、どこかウキウキした色を宿していた。

　その顔と今の言葉で、気持ちが次第にゆっくりと落ち着く。

　罪悪感で自分を責めるのも、贖罪《しょくざい》を考えるのも後だ。

　僕は託された。

　だったら、ちゃんと考え抜かないといけない。

「あーちゃん」

『おう？』

　だから、気になることをひとつひとつ確認していこう。

　そう。

　最愛の推しである、星見星子ちゃんがやっていたように。

「僕が、この結末に辿《たど》り着《つ》いた回数は、今のところ何回なんだい？」

『だいたい三回目くらいだよ』

「その二回とも、僕は同じように意識を持って後悔したり、詩穂美の本音を聞いてビックリしていたわけか」

『だいたいそうだな。その二回はどちらも、最終的に怪談話の中で一緒に過ごす方を選択してた。「詩穂美《しほみ》もきっとそれを望んでいる……フッ」とか言いながらな』

そんなキザッたらしい笑いは絶対していないと思うけれど、これはあーちゃんなりのブラックジョークか、もしくは煽《あお》りだろう。

もうその選択は飽きたからしてくれるなよ、という誘導の意志を感じた。

実際、二人の『僕』は『Aくん』として詩穂美とどこかで過ごしているのか。

自分の意識がどんどん分裂して独立していくというのも不思議な経験だった。

同じ『僕』なのに、この僕は今までと違う意志を持っているのだから。

『いつか、あの沖江《おきえ》さんの手の中にお前さんの手も混ざったりしたら面白いよなー』

あーちゃんは、完全に人が閉じ込められることを楽しんでいる魔女だった。

優しい良い子ではないと思ってはいたが、魔女だけあって純粋に邪悪だ。

こんな存在と勝負して倒す方法なんて、あるのだろうか？

それに、もし僕が怪談話の登場人物から解き放たれたとしても、待っているのは痩せ細ってしまった沖江詩穂美という、僕が理想像を求めた彼女から遠く離れた存在なわけで。

そこにはあの理想である『星子《せいこ》ちゃん』はいないのだ。

しかも僕は監禁されたままらしい。彼女が逃してくれるとは思えない以上、おそらくずっと死ぬまで彼女と過ごさなければならないのだろう。

そして、ここで過ごすのを選択すれば……またあの、可愛《かわい》くて面白くて明るく楽しい星見《ほしみ》星子ちゃんとずっと一緒にいられるのだ。それこそ、永遠に。
真相を知った僕が、現実に戻るなんて馬鹿な選択をするまで。

『さあ、というわけで、選択のお時間だぜAくん』

あーちゃんは、指を二本立ててニンマリと笑う。
その顔は期待だった。
結局、どちらを選んだとしても魔女は楽しくて仕方ないのだろう。
強い意志を持った女性と、罪悪感に潰されそうな男性。
そんな二人の愛憎の物語を、彼女は毎回堪能しているからだ。
だから、僕は……。
しっかりと目を閉じて、考える。
大事なものはなんなのか。
僕が信じられているのは、本当に詩穂美と過ごすことなのか。
と、不意に。
星子ちゃんの笑顔がまぶたの裏に浮かぶ。

それが詩穂美《しほみ》の楽しそうな笑顔にも重なった。

偶像である姿と、本物の姿が、今は一致したように思える。

『星見星子《ほしみせいこ》』というアイドルは、僕と詩穂美が作り上げた最高の存在なのだ。

既に、詩穂美の記憶も自我もなくなっているという話もあった。

僕と何度も何度も登場人物として接したことで、モデルとなった沖江《おきえ》詩穂美っぽさはもうどこにもない、新しい存在。

もうそこにいるのは……理想の偶像《アイドル》でしかないじゃないか。

今までの二回の僕は、贖罪《しょくざい》の意識もあって選択したのだろう。

今回だってそうすることには、なんの迷いも浮かばない。

だけど……僕の耳には。頭の中には。魂の奥底には。

何故《なぜ》かそれらの思惑や流れとは完全に独立した、全く別の声が響いた。


『もっと怖くしなくていいの？』

柔らかな優しい声音は、間違えるはずもない。

……星子ちゃんの声だ。
それは妄想かもしれないし、幻聴かもしれない。
だけどそう言われたら、考えるしかないじゃないか。
でもこれ以上、更に怖くすることなんてできるのだろうか？
今の僕は、どっちを選んでも絶望という選択肢を突き付けられている。
そして、選ぶことはもう決まっているのだ。
だというのに、僕の愛するアイドルは更に怖い怪談話をご所望だった。
もっと怖い話……。
僕は、目を開いてから、辺りを見回した。
何もない、真っ暗な空間。
あーちゃんですら、ここでは立体映像みたいにしか現れない。
お話の世界の狭間《はざま》のような場所。
【魔女の怪談話】から離れたどこか。
ここには何もない。
でも、そうか。
だからこそ……なのか。
ようやく僕の中で『今回の僕』がすべきことが浮かんだ気がした。

「なあ、あーちゃん」
『うん？　どうしたよ、すっかり落ち着いた顔をしちまって』
あーちゃんを見ると、彼女は腰に手を当てて首を傾《かし》げていた。
そこにあるのは純粋な好奇心だけだ。
人知を超えた力を持つ『魔女』。
そんな彼女と交渉するなら、よりエンタメを意識しなければならない。
魔女とは正面から戦うのではない。
彼女を楽しませ、新たな魔法をかけてもらう必要があるのだ。
だとしたら――。
僕がここで言うべき言葉はもう決まっていた。

「もしも、この怪談話……もっと怖くできるとしたらどうする？」

それは、最愛の星子《せいこ》ちゃんの決め台詞《ぜりふ》だ。
『っ！』
僕のこんな提案は初めてだったらしい。
あーちゃんの顔が一瞬で、外見年齢相応の可愛《かわい》らしい笑顔になった。

『マジか！　ほんとか!?　魔女って生き物は、予想外の展開に弱いんだよ！』

今まで百回以上やってて、二回はここまで辿《たど》り着《つ》いて、だけど全く知らない展開を見せたことで、あーちゃんは興奮している。立体映像っぽい姿がハッキリしだして、なんとなく実体感まで表れ始めた。

この『もっと怖い怪談話』は僕自身の心の強さを必要としている。

魔女の興味を強く引きながら、そして彼女を上手《うま》く乗せる。

必要なのはやはり『エンターテイメント性』であるというのは、これで確信が持てた。

怪談話というのは、何度も人から人に語られるような面白さがないといけない。

そのために……登場人物が何人犠牲になったとしても。

面白ければ、物語というのは正義なのだから。

「じゃあ、聞いてくれ。これは……新しい『怪談話』だ」

僕はあーちゃんに語り始める。

もう一度目を閉じて、しっかりと思い描く。

僕が怖がらせるべきなのは、誰なのか。

いったい何をもって『恐怖』とするのか。

ここが勝負だ。


「古今東西、あらゆる怪談話があるだろう？　全世界まで広げれば、それこそ無限に存在するに違いない」

『うんうん』

「だけど、そんな話の全てを解明し、解決し、推察をする人物が現れたら……キミたち、魔女やオバケ、幽霊、怪異という存在はどう思う？」

『……ほう？』

あーちゃんの笑みに凄《すご》みが増す。

人間風情が自分たちを脅かす？

そんな挑戦に乗った王者みたいな風格を持っていた。

だけどここで気圧《けお》されるわけにはいかない。

僕には。そしておそらく詩穂美《しほみ》にも。

彼女が必要なのだ。

魔女を倒す方法。

それは、彼女自身を恐怖させることだ。

そして、彼女らが恐れるのは『存在を否定されること』だ！

「オバケは本来怖がらせる側だ。だけど、自分たちの存在意義を崩しかねない存在が現れるなら、さすがに怖くて……楽しみなんじゃないかな？」

『おいおい、まさか自分がそうだとか言い出すんじゃないだろうな？　私たちを怖がらせるライバルになるから、ここから出たいとか？』

「いやあ、残念ながら僕はそこまでの器ではないよ。好きな女の子を卑劣なマッチポンプで手に入れてから逃げ出した、そんなちんけな男は主役にはなれない」

僕は自分がそこまで高尚な人間ではないことを自覚している。

詩穂美だって、僕に対しては強い執着心を持っていたかもしれないけれど、それ以外はごく普通の女の子だ。

だから、それは僕たちではない。

「僕の物語はここまでだ。こんな解決をしてしまえば、僕たちはもしかしたら永遠に消えてなくなってしまうかもしれない」

『用意されていない違う道を選ぶということは、その先でどうなっちまうのか、誰も分からないってことだ。かなりの確率でお前さんも沖江《おきえ》さんも消滅してしまうだろう』

この物語の中で過ごすことを放棄し。

しかも現実の世界に戻らないという、どちらも選ばない最悪の選択肢。
この僕と詩穂美《しほみ》の意識は、何も選ばなかったことで終了するはずだ。
だけど、それくらいの覚悟がなければ、きっと。
強い存在を生み出すことなんてできない。
『信じる』ことで『虚構』を現実にするなんて、できるはずもない。
だから、僕は凪《なぎ》のように落ち着いた覚悟で、明確に宣言した。

「僕と詩穂美はここまでだ。僕たちが【魔女の怪談話】の生贄《いけにえ》になる」

さっき、詩穂美とあーちゃんの会話で言っていた言葉だ。
生贄になれば、新しい物語の登場人物を作ることができる。
詩穂美は生贄になることで自我と意識と記憶を失って、僕たちの物語を作った。
ならば僕は僕の自我と記憶を失ってでも。
魔女が恐れる『虚構』を作り出す必要がある。
『お前さんの存在まで賭けて、いったい何を生み出そうって言うんだ?』
あーちゃんの疑問に、僕は目を開いて口元を歪《ゆが》ませて笑う。

「怪談話の全てをハッピーエンドに解決しようとする、キミらにとって最悪の化け物みたいな虚構……最強無敵の『偶像《アイドル》』さ」

僕がそう堂々と告げると、あーちゃんは全て納得したように口を開いていた。

『あー、あー！　はいはいはい。おお、なるほど、なるほどな！』

ようやく僕が何を望んでいるのか理解したのだろう。

『たしかに、そんな可愛《かわい》くて面白くて楽しくて胸の薄いアイドルがいたりしたら、全国津々浦々の怪異存在だけでなく、オカルトマニアな連中にとっても怖くて仕方ない存在になるだろうぜ！　あー、そいつは怖い！　私の存在を揺るがす怖さだな！　ははは！　いやあ、こんなにワクワク怖い思いをさせられたら、そりゃあ私の負けだ！』

どうやら上手《うま》く乗ってくれたようだ。

僕の覚悟はもう決まっている以上、ようやく安堵《あんど》できそうだ。

『でもいいのかい？　この後はもうお前さんたち二人がどうなるのかは誰にも分からない。生み出された怪異に飲み込まれて消滅するのかもしれない。もしかしたらやっぱり【魔女の怪談話】からは逃れられず、新しい話になるだけかもしれない。或《あ》るいは元の世界に二人して戻ったりすることもあるだろう。だけど、そうだったとしても……その二人の肉体が無事なままで元気に復活！　とはいかないだろうさ』

そうなのだ。

あーちゃんは既に百回以上この怪談を話していると言っていた。

つまり、もう僕たちの話を誰か他の人に語りまくっているのだろう。

そもそも普通に過ごしている人間が魔女と出会う可能性はどれくらいなんだろう？　あーちゃんが仮に一週間に一回【魔女の怪談話】をしていたとしても、約二年。一ヶ月《いっかげつ》に一回の割合なら約八年。半年に一回だったら五十年。もしも一年に一回だったら……？

僕たちの現実の体なんて、とっくに朽ち果てているかもしれないのだ。

そんな『怖い』想像をしても僕の心は落ち着いていた。

「いいんだ、僕は。詩穂美《しほみ》も許してくれるさ。なんせそうして生まれる彼女は、僕たちの言わば『愛の結晶』……娘みたいなものなんだから」

Aくんの怪談話の時に、犠牲になってしまった少女の幽霊がいた。

彼女だって、本当はちゃんと娘として愛されたかっただろう。

そんな物語を経験した僕たちだからこそ、自分の娘が生まれる……生きて元気に過ごす、なんて未来を描いたっていいじゃないか。

『自分たちはどうなっても、娘を残す……ハッ、なるほど。お前さんと沖江《おきえ》さんはパパとママになりたいわけだ！』

「理解が早くて助かるよ。だからこれからは、彼女……僕たちの娘の話を語り継いでくれないかな？　信じられれば信じられるほど、広がれば広がるほど、その『偶像《アイドル》』は強くて恐ろしい伝説になっていくのだから」

『了解した！』

あーちゃんはハッキリと受け止めてくれた。

——これで、いいよな？　詩穂美。

僕とお前はもう、それこそ永遠に『星見星子《ほしみせいこ》』を生んだ二人になるんだ。

『じゃあ、早速その【魔女の怪談話】に名前を付けてくれるかい？』

僕は、静かに息を吐く。

僕という、気持ち悪いことをした罪を持った男の物語はここで終わりでいい。

そんな僕に執着してくれていた、ちょっぴり怖いくらいの愛を持った幼なじみの物語も、そろそろ終わりでいいだろう。

僕たちだからこそ、生み出せた汚れのない綺麗《きれい》な偶像《アイドル》がある。

彼女が、この後どんな活躍をするのか……。

僕たちは僕たちの物語《じんせい》の中で、ひっそりと応援するとしよう。


「この、怪異にとっての最大の畏怖と恐怖の怪談話の名前は——。

『星見星子《ほしみせいこ》が語る、ゴーストシステム』っていうのはどうだろう？」


だから星子ちゃん。

キミはこれからも明るく楽しく、元気に怪談話をその推察でぶん殴ってほしい。

そんな強い願いを込めて、僕はその名を口にした。

真っ暗だった空間に、強く強烈な人の形をした光が現れる。

その光が真っ暗だったその場所を照らすと——。


辺り一面、晴れ晴れとした青空の花畑になっていた。

見たこともない色とりどりの花の中で。

真っ白なワンピースの衣装を身にまとった最高無敵の、対オカルト存在アイドルがふわりと髪をなびかせて降臨する。


「あはははは！　ハードルたっか！」

それが笑いながら花畑に降り立った。

全ての怪談話を解決する、怪異や幽霊にとっての恐怖の存在《アイドル》。

星見星子《ほしみせいこ》。


「まさかこんな、私たちにとって天敵たる恐ろしい存在を生み出して、その後どうなるのか分からない決意をするとはね。良い決断だ。恐れ入ったよ、Aくん」

魔女のあーちゃんもそんな星子ちゃんの横に現れて、パチパチと拍手していた。

登場の仕方と雰囲気、セリフがもう悪役だけど。

彼女も『悪い魔女』なのだから、仕方ないのかもしれないな。

「ふふっ、信じてたよ！　キミなら『私』を本物の存在にしてくれるってね？」

「信じてくれていたのは詩穂美《しほみ》じゃなくて、本当に『星子ちゃん』だったのか」

「沖江《おきえ》さんも信じてたよ。だからあんなにバシバシと車を叩《たた》いていたんだから。いいから早く気付けーー！　ってね？」

クスクスニマニマ笑う姿はまさしく星子ちゃんだった。

彼女は嬉《うれ》しそうに右手を差し出してくる。

僕は……何故《なぜ》かちょっと気恥ずかしい気持ちになりながらも。

その手を左手で握り返した。

「もう平気？　どんな物語の結末だったとしても、生きていける？」

「んー……実は百年後とか、幽霊になっているとか、そんなに時間は経《た》ってなくても本物の詩穂美に手足切断とかされてたら怖いなあ」

「なにそれ、怖っ！　あたしのもっと怖くする癖、感染《うつ》っちゃったね！」

僕は星子ちゃんの笑顔を間近で感じて……どこか懐かしい気持ちになった。

幼い頃に詩穂美と描いた最高のアイドル。

彼女もそれを目指していたけれど……。

二人で作り出したこの『星見星子』は、そんな想像を遥《はる》かに超えている。

「キモい僕を詩穂美が許してくれるかどうか分からないけどね」

「キモくてもいいと思うよ。うん。人間なんてそんなものさっ！　どっかしらキモい部分があるよ、誰だって。あたしはアイドルだから、ないけどね！」

「ははっ、星子ちゃんがキモくていいって言うなら、自分を受け入れられそうだ」

「アイドルはファンの全ての気持ちを受け止める！　あたしに解決されたがっている、怖い怖い怪談話たちの気持ちすらね！」

星子《せいこ》ちゃんは満面の笑みを浮かべると、ぎゅっと痛いくらいに強く手を握る。

それが、別れの合図だった。

「ずっと応援してるよ」


「おう、まかセロリ！」


くだらないダジャレと共に、星子ちゃんとあーちゃんの姿がまた光に包まれる。

そのまま、僕の視界も白に塗り潰され……。

全てが消える瞬間に、その声は確かに耳に届いた。


「今後も、星見《ほしみ》星子のゴーストシステムチャンネルをよろしくね！」


自分のデビューを心から喜んでいるようで。

僕の推し心は大変満足したのだった。

『さあさあ！　全く新しい【魔女の怪談話】始まり、始まり〜』

■星見星子《ほしみせいこ》が語る、ゴーストシステム

僕は彼女の部屋で、動画配信を観《み》ていた。

コタツテーブルの上に大きめのゲーミングノートPCを置いて、外付けスピーカーの音量もしっかり適度に上げてある。二人で振るためのサイリウムは買ってあるし、準備は万端と言えるだろう。あとは……。

「おーい、そろそろ待機画面終わるよっ」

「あ、待って、待って、ケーキとお茶、持っていくからっ」

慌ただしい感じでキッチンからショートケーキと紅茶を二人分持ってくるのは、幼なじみにして僕の婚約者だ。ずっと昔から仲良くしていたのだが、大学を卒業したら結婚することになっている。既に婚約指輪はしているし、家族も公認の仲だ。

「やー、しかし凄《すご》い勢いで伸びたよね、星子ちゃん！　五十万登録記念ライブまで開けるようになるなんて！」

彼女が嬉《うれ》しそうに声を踊らせる。

「ま、僕はまだ登録者が一桁の時から応援してるけどね！　僕のように筋金入りの星子ファン、通称〝ほしっこ〟はこんなの通過点としか思ってないよ。ま、ほしっこの中でも僕がトップと言えるくらい応援しておりますがな」

「そのマウント格好悪《かっこわる》いからね！」

笑いながらツッコミを入れられるけど、それがなんとも嬉しい。

二人で肩を寄せ合うようにしてコタツテーブルに足を入れる。

並んで入れるように最近買ったそれは、この冬は大活躍中だ。

「しかし、星子ちゃんらしいよなあ」

彼女がしみじみと語るのは、きっとタイトルのことだろう。

『五十万登録記念！　怪談&歌ライブ！　ゲストも歌と怪談話をしてくれるよ！』

「めでたい時こそ、怖い話を聞きたがるんだよね、星子ちゃんって」

「うむ。歌ってる時も可愛《かわい》いけど、怖い話にツッコミを入れている時が一番輝いちゃってるから、仕方ないんだ……」

「今日もあの『魔女』の子がゲストで来てくれるのかな？」

魔女の子こと、通称『あーちゃん』の登場も期待である。

彼女の語る怪談話は妙にリアルで、細かい所までしっかりと作り込まれている。

まるで、モチーフとなる事件があって、そこから生み出されたかのように。

ただ、彼女のちゃんとした名前を知る者はいない。

何故《なぜ》なら毎回別名で名乗るからだ。ファンの間では星子《せいこ》ちゃんが呼ぶ『あーちゃん』で統一されている。

「お！　待機画面に音入ってきた！　準備はいいか!?」

「オッケーオッケー、任せといてっ！」

小さい頃から一緒に過ごしているせいか、好きなアイドルの好みもピッタリで良かった。たまに愛が重いこともあるけれど……なんだかんだ、僕の体も心も気遣ってくれる、よく出来た彼女だ。むしろ気遣われ過ぎて、思考から行動まで何もかも先回りされている時があってちょっぴり怖い。

でも、恋人……いずれ夫婦になる身であれば、お互いにちょっぴり怖いくらいの方が変なマウントの取り合いもなくて平和に過ごせるんじゃないかな？　と思っている。

ギスギスした時も、甘いものと星子ちゃんの配信さえあれば仲直りができる。

だから今後もずっと、二人で幸せに過ごせるはずだ。


しかし、それにしても……。

僕たちはどうしてこんなに幸せに過ごしているのだろう？

長い夢の中にいたような気もしているが。

今は明らかに僕たちの現実の中に生きている。

でも、星子ちゃんがいつだか配信でマイクラをやりながら言っていた。

『人の人生なんて全部、怪談話だと思うんだよねぇー。ぜーったい怖いことってあるじゃん？　ルール破ったら、うわあああ！　みたいなの。でも、だからたまに破ってみると美味《おい》しいこともあるから面白い……ってヤバイヤバイヤバヤバイ、溶岩やばいぃぃぃぃぃ！』

その後、掘り当てた溶岩にダメージを食らって貴重な鉱石を落としていたところまでご愛嬌《あいきょう》なのだが、この考え方は本当に賛同できる。

僕たちカップルも、お互いのことをちゃんと考えなかったせいで、上手《うま》くいかない時もあった。なんならちょっとホラーな展開っぽいくらい揉《も》めたこともある。

だけど、だからこそ幼い頃からのルールみたいなのを破って、全力で言いたいこと、相手に要求すること、そしてどこが好きで、どこが苦手かなどをバリバリにぶつけ合ったことで今の関係がある。

結局、そういうものなのかもしれない。

でも『人の人生は全部怪談話』は言い過ぎだと思う。

そんなことを思っていたら、マイクのブツッという音が聞こえて身構えた。

『はいはーい、みんなー！　うわっ、すっごい同接っ！　こっわ！　まだ始まってないのになー！　ま、いっか！』

画面にはまだ映っていないのに、星子《せいこ》ちゃんの楽しそうな声が響いてきたので、僕と彼女は口をピタッと閉じた。この後の一言一句、全て逃すまいとするためだ。

『はーい、満天の星々より輝く、配信会のスーパーオカルティックアイドルー！　星を見る星の子と書いて、星見《ほしみ》星子でぇーすっ！』

カタタタタタタ！　僕は素早いタイピングで『ワアアアアア（サイリウム黄サイリウム青サイリウム赤）』とチャットコメント欄に打ち込んだ。彼女はスマートフォンの方で同じようにシュパパパッと打ち込んでいる。

「僕は今日、いくら使ってしまうだろうか……」

「今日のスパチャのために、二人でかなりバイト頑張ったもんね」

好きなものにお金を使う喜びを覚えてしまったせいで、早々に同棲《どうせい》を始めた僕たちである。こうして経済までしっかり回してくれるのが、アイドルのいい所だ。

『さて、普通はここで一曲目ってなるんだけど。あたしがそんな普通なことをするわけあるかー!?　いや、ない！　反語！　ってなわけでー、一発目からいきなり怪談話を始めるけどいいよねー？　答えは聞いてない！』

ノリノリで好きなことをバリバリ言いまくる画面内の星子ちゃんは、もうずっと笑顔だった。それを見ているだけで僕たちも笑顔になる。

『はーい、それじゃあ怪談系配信者、魔女のあーちゃんの登場だーい！』

『いえーい、ぴすぴす、どももっ。魔女だぜー。今日はアリサちゃんと呼んでくれ』

『いぇー！　アリサちゃーん！　いらっしゃーい！　とっておきの新鮮なネタある？』

『おう、姉ちゃん可愛《かわい》いからおじさんピチピチのヤツを持ってきたぜ！』

『やったー！』

魔女のあーちゃんとのやり取りは最早《もはや》定番であり、あーせいは正義だった。

この二人はきっともう恋人同士で一緒に暮らしているに違いない。それがファンの間では当然のように語られている。

『今回の話は……みんなに大人気なアイドルが、実は架空の物語の中から生まれていて、それなのに世界中が認識している結果、そのアイドルは人間っぽく生きているっていう話なんだけど、どうよ？』

『ほぼネタバレだー！　どこか隠せよ！　怖くないよ！』

『そうかー？　じゃあお得意のアレ、言ってくれ！』

『なるほど！　それじゃ、みんな準備はいーい？』

もちろん、我々カップルも準備万端整ったりだった。

既にサイリウムを両手に持ち、彼女と僕は目を見合わせる。

『せーのっ』


『その怪談、もっと怖くしようよ！』

A true idol born from a dream is an occult. But cute.

オカルトミステリー大好き、作者のサイトウケンジです。この度はあとがきまで読んでくださりまことにありがとうございます！　『魔女の怪談は手をつないで』いかがだったでしょうか？　楽しんでいただけたなら幸いの極みです。

今回のお話は編集さんに『怖い話って、細かい所までしっかりしていたらもっと怖いと思うんですよ。そういうライトなオカルトミステリー話が書きたいです！』と提案しつつ、内心（オカルトミステリーってほとんどの編集者さんが通してくれないんだよなー。提案が通らなかったら、また諦めよう、トホホ）と最初から諦めていたら「いいですね、ぜひ！」と仰っていただいて成立した、まさに奇跡の作品です。企画が通ってしまったからには『ほどほどに怖めに』『ライトノベルなので基本は明るめな』『読者も一緒に考えたりできる小説』を頑張りました。そんな感じになってたら嬉《うれ》しいですね。

ここからは感謝の言葉を。

あんまり返事をしない僕を見捨てずにどんどん連絡して盛り上げてくださった編集さん、本当にありがとうございました！　顔には出ていないかもしれませんが、内心とても感謝しておりますので、ここでお伝えしておきます。また、イラスト担当のぷらこさんもありがとうございます！　好きなオカルトゲームが共通していたからか、今回の作品のノリも楽しんでくださったようで何よりです。星子《せいこ》ちゃんのスーパーアイドルっぷり、あーちゃんの美少女だけどどこか食えない感じ、そして主人公の『イケメンくん』っぽさも最高にバッチリでした。そして、発売前に先読み感想をしてくださったり、朗読してくださった方々、ほんっとうにありがとうございます！　発売前から感想を見てニヤニヤできるという経験は嬉しくて嬉しくてたまりませんでした。色々な展開の予想もしてくださったりしていて、ミステリーっぽさをしっかり楽しんでくださったようで何よりです。改めて感想も『＃まじょのて』や『魔女の怪談は手をつないで』などで検索しまくりますので、続きの感想もお待ちしております！　後は、事前に原稿を渡して先に読んで感想をくれた友人たちもありがとう。今度焼肉を奢《おご》りますね。

最後に、こちらの本を手に取って、あとがきまで順番に読んでくださった読者の皆様に最大の感謝をお伝えします。ありがとうございます！

このあとがきの後にもちょっとだけ文章がありますので、読後の余韻にひたりながら気楽な気持ちで読んでいただけますと幸いです。

今回、一番僕が面白くて不思議だった話は、みんな『星子ちゃん』を『せいこちゃん』ではなく何故《なぜ》か『ほしこちゃん』と脳内で思いながら読んでいたことでした。実は僕も執筆時は『ほしこちゃん』で変換していたので驚いたものです。こういうのもオカルト的な共通意識みたいなものがあるのかもしれませんね。

サイトウケンジより

■あとがきの後に……。

「ほーい、お疲れ様ー！」

「お疲れ様でしたぁー！」

「いやあ、良かったよ歌と怪談！」

「あざまーす！　好きなこと突き詰めたらこうなった、みたいな？」

「突き詰めるの大事だよねえ！　あと、あれが良かったよ」

「どれ？」

「ほら、今回の怪談話なんだけど」

「はいな」

「実は自分は架空の存在だー！　ってノリ、中二病の極みでいいよね！」

「あはは！　そうでしょう、そうでしょう！」

「今日の成功はお父さんとお母さんも喜んでいるんじゃない？」

「パパとママは画面の向こう側で美味《おい》しそうなケーキ食べてましたよ」

「おっ、ビデオ通話みたいな？」

「もっと怖いですよ。だってお互いそこから出ることはできないんで！」

ファンレター、作品のご感想をお待ちしています

あて先

〒102-0071　東京都千代田区富士見2-13-12
株式会社KADOKAWA　MF文庫J編集部気付
「サイトウケンジ先生」係　「ぷらこ先生」係

MF文庫J

魔女の怪談は手をつないで
星見星子が語るゴーストシステム

2023年3月25日　初版発行

著者　サイトウケンジ

発行者　山下直久

発行　株式会社 KADOKAWA
〒102-8177 東京都千代田区富士見2-13-3
0570-002-301（ナビダイヤル）

印刷　株式会社広済堂ネクスト

製本　株式会社広済堂ネクスト

Printed in Japan　ISBN 978-4-04-682324-3 C0193

◇◇◇